蜂鸟旅馆

浮　蓝/著

整整一个星期
我们都待在蜂鸟旅馆
每日最关心的事情就是天气预报
我们关注着台风的走向
我们知道
它总会离开的

北方文艺出版社

蜂鸟旅馆

浮 蓝/著

北方文艺出版社

图书在版编目（CIP）数据

蜂鸟旅馆 / 浮蓝著 . -- 哈尔滨 : 北方文艺出版社，
2024.1

ISBN 978-7-5317-6079-5

Ⅰ . ①蜂… Ⅱ . ①浮… Ⅲ . ①中篇小说—小说集—中
国—当代 ②短篇小说—小说集—中国—当代 Ⅳ .
① I217.1

中国国家版本馆 CIP 数据核字 (2023) 第 224622 号

蜂鸟旅馆
FENGNIAO LVGUAN

作　者 / 浮　蓝

责任编辑 / 王　爽　　　　　　　　封面设计 / 明翊书业

出版发行 / 北方文艺出版社　　　　邮　编 /150008
发行电话 /（0451）86825533　　　经　销 / 新华书店
地　址 / 哈尔滨市南岗区宣庆小区 1 号楼　　网　址 /www.bfwy.com

印　刷 / 三河市国新印装有限公司　　开　本 /880×1230　1/32
字　数 /140 千字　　　　　　　　　印　张 /6.75
版　次 /2024 年 1 月第 1 版　　　　印　次 2024 年 1 月第 1 次印刷

书　号 /ISBN 978-7-5317-6079-5　　定　价 /68.00 元

目　录

蜂鸟旅馆

办完落地签证的时候，我从谷歌地图上，发现了万象的另一个名字——永珍。我很惊讶，因为它太美了，听起来宛若淑女。我把这个发现告诉王蓝蓝。她皱了皱眉，然后大笑起来。很快她恢复了正常的表情，她说她也喜欢这个名字。

　　从地图来看，机场离我们预订的旅馆并不太远。四月初的亚热带午后，空气如此沉闷滞重，我们只好匆匆上了一辆冷气十足的出租车，最终花了二十美金，才到达位于市郊的旅馆。

　　上车没多久就下起雨来。王蓝蓝坐在我右边，脑袋微微抵住车窗，虽然一言不发，看起来却十分享受。我不知她在想些什么，但我在想，我和这女孩认识五年了，这样的结伴旅行还是头一次。

我们不是情侣，从来也不是。我们是在学校认识的，那时候她在论坛里转让二手唱片，后来我们一起去五道口看摇滚演出，有时会到更远的地方，比如无名高地，或是鼓楼，看完演出就拼车回去。或许在旁人眼中，我们就是一对学生情侣。这未尝不是好事。夜晚出行，我们至少能带给彼此一点点安全感，或是虚荣心上的满足。

很难描述她是怎样的女孩。她黑发及肩，永远穿黑色衬衫，既不温柔，也不刚烈。眼睛是细长的，单眼皮，眼白比一般人多，远远看去，一副没精打采的样子，或者说冷漠。没错，她看上去总是很冷漠。也许正因如此，我才和她成为朋友的。

最初的日子里，她曾介绍我认识一个男孩。他是学校乐队的吉他手，也是我们的学长，帅气而天真，拥有一种病态的自信。我一度走进他的生活。我和他一起买书、买唱片、吃饭、看演出、逛乐器行。我们变得无话不谈，渐渐习惯了彼此的陪伴。可是，有一天他坚持说我讲了史密斯乐队的坏话，此后便一直拒绝见我。我花了很长时间才让自己平静下来。为了疗愈心中的伤，我又开始常常和王蓝蓝见面。也许就是在那段时间，我和她的关系更进了一步。

和王蓝蓝在一起时，我的话很多。我最喜欢讲我自己，讲所有我渴望却得不到的东西。她是个很好的听众，虽然不擅长说什么安慰的话，却鼓励我把心里的故事写出来。如果我写了，她说她会第一个去读。但王蓝蓝不喜欢讲她自己。她不是那种热衷于描述内心的女孩，至少在我面前不是。在我面前，她总是一副既清醒又冷漠的样子。她说她平凡无奇，根本没什么可讲的。她最喜欢讲的是摇滚乐历史上那些已经死去的人，约翰·列侬，或是詹尼斯·乔普林什么的，所有的传奇和风流韵事，诸如此类。除此之外就是摇滚乐本身。我们分享新的音乐，依旧一起看演出，她没再介绍过别的朋友给我，音乐就是我们的朋友。

其实我也很想知道，我和王蓝蓝之间，究竟算怎样一种关系。我们固然拥有默契，却几乎没有共同的朋友。我们彼此熟悉，却又不常联络，仿佛只是在对方需要的时候，碰巧出现在对方身边。

碰巧当时我们都很自由，没有在和什么人恋爱。碰巧都有时间，也存了一点点钱。所以我们结伴来到老挝，就像当年我们一起去看演出一样。

旅馆位于市郊。大厅里摆着一架黑色钢琴，两侧的门分别通往餐厅和游泳池。顺着楼梯间朝下走还有间酒吧，进去后可以从临街的大门走出去。大门外是一条土路，路对面有间杂货铺，杂货铺门前晾晒着一排衣物。奇怪的组合，典型的城乡接合风貌。

通常我们在早餐后出门，每次都必须先步行顺着那条土路离开，再从主干道搭"突突车"去往市中心。再没见过从机场来的路上那种豪华出租车，也再没花过美金。见到的只是小凯旋门和椰子树，总统府和镰刀旗，金碧辉煌的塔銮寺，湄公河畔的市场，宽檐帽，花汗衫，一众来自中国的小商品，河的对岸就是泰国。雨季刚刚来临，午后常有对流雨。下雨的时候，我们就坐在街边充满异域风情的小店里吃东西，听着雨水打在永远茂盛的树木和屋顶，直到雨停。天黑前我们会回到旅馆，坐在那间半地下的酒吧里，看本地乐队表演，一瓶接一瓶地喝老挝啤酒。乐队成员都是二十出头的模样，陌生的语言，悦耳的旋律，他们信心十足，沉浸在自己的表演中。我们谈论那些年轻人，谈论他们的梦想。即便在这里，在我们看来如此遥远和陌生的地方，王蓝蓝说，他们一定和全世界的年轻人一样，渴望出人头地。王蓝蓝说，她羡慕他们。我说，或许他们也羡慕你。她摇了摇头，似乎想说什么，又似乎无话可说，只好继续喝她的啤酒。

我们在万象待了三天，每晚都醉意朦胧，直到酒吧打烊才回到房间。我们的房间位于四楼尽头，房间有两面窗户，窗外总是一片漆黑。预订时只剩这间大床房，她不介意，我也完全不介意。我们躺在同一张床上，始终保持着距离。萨拜迪——古德奈——做个好梦——我记得自己入睡前迷迷糊糊说道。

我曾在王蓝蓝家过夜。大约两年前，王蓝蓝研究生毕业。父母以她的名义在燕郊买下一套房子，交房后才告诉她。于是她独自往返于学校和房子之间，一手搞定了装修，因为她的父母并不在这座城市生活。那年春天，她邀我周末去她的新家。

星期六，我们在城里碰面。她依旧一身黑色，不同的是，她变得十分臃肿。她的脸并没有什么变化，只是下半身宽大起来。她说她怀孕了。她说的不是真的，因为她笑了，黯淡的眼睛闪现出一抹浅浅的光。如果说谎，她就会这样。她总会很快承认道："算了，骗你的。"追问之下，才知是药物导致的内分泌失调。介于尴尬和惊慌之间，我没再多问。我在害怕些什么呢？害怕她觉得自己受到过分的关注，还是我从来就不习惯对别人表达热切的关怀？我不记得我们去了哪里，也许在鼓楼一带逛了逛，应该没有看演出。我只记得我一直对自己说，一切并没有改变，我们还是和从前一样。

傍晚时分，我们从大望路坐城际大巴车去她家。队伍长得可怕，车子驶出好几辆，我们才最终来到队伍前端。过于庞大和拥挤的城市，每辆车子都满是坐着和站着的人。上车后，我们的车子迟迟没有启动，因为有个女人报了警，说一名男子上车时推她，还对她骂了脏话。司机关了门，全车人就那样焦躁地等着，等着警察到来。王蓝蓝一言不发地坐在我左边，坐在靠窗的座位上，是我将她与众人隔开。在那种时刻，虽然她并不讲话，但我有一种自己在保护她的感觉。在众人的抱怨下，那名男子偷偷从窗户跳下。所有人松了口气，车子终于开动。

购房热潮尚未退去，新房林立，小区的入住率并不高。

一栋孤独的、偌大的公寓。夜晚的房间，落地窗外远远有一条蜿蜒而至的霓虹公路，是那条公路带我们来到这个地方。客厅、厨房和阳台是贯通的，形成一个矩形空间。没有电视机，也没有网络。我们坐在厨房角落的餐桌的两侧，通宵播放音乐，聊天，打开窗户抽烟，喝她在机场买的限量瓶子的伏特加。

她一个人去香港看迪伦的演唱会。"太幸运了。"她说。她指的是鲍勃·迪伦，她终于实现了这个愿望。"科恩也到处巡演，"她又说，"但据说是为了还债，老男人挺悲摧的。"这次指的是莱昂纳多·科恩。对她来说，在对方可以识别这个人是谁的情况下，说全名有点太做作了。她说："科恩年轻的时候不好看，法令纹很重，老了之后缺点反而变成优点。命运总是难以捉摸，才华横溢的人并非全都留在了'二十七岁俱乐部'。"

她说像她这样的人，既没有才华，又没有美貌，应该可以活得特别久吧。

光线昏暗的餐桌上，那瓶伏特加俨然一枚巨大的水晶保龄球瓶。王蓝蓝一次又一次将酒倒入玻璃杯，没有冰块，也没有零食。酒酣耳热，她总算愿意讲讲她自己了。她说她很怕毕业，说自己读研根本就是为了逃避。她说她不想工作，总是没有勇气见陌生人，畏于实习、面试、办理各种毕业相关的事情。她觉得自己对这个社会没什么用。她是独生女，家人甚至为她买了房子。她该如何利用这栋房子，父母对她的期待是什么，她真正想要的又是什么，她根本没有答案。

那个夜晚，我第一次对王蓝蓝感到诧异。我从来不曾担忧过她，在我看来，她足够独立，可以把自己照顾得很好。我意识到，我之所以这样觉得，也许恰恰是因为她从不谈论自己。长夜漫漫，一切尚无着落。我觉得她仿佛悬空在这时光里，想象着旁人都在忙碌劳作，她自己的内心却虚幻而倦怠。我问她，她理想中的工作是怎样的。她说，她不知道。她只知道自己不想要什么。不管怎么说，我继续道，在我认识的朋友当中，她是头一个拥有自己的房子的人。一切都会好起来的，只管去做所有不得不做的事情，其他什么都不用想。她点了点头，说如果我愿意，可以常常过来。

不知何时下起了雨，天色渐白，却不见一缕阳光。我们疲惫地倒在一张大床上，安安稳稳睡到了中午。醒来时我有一种错觉，仿佛窗帘外是一片海洋。

从万象乘坐迷你巴士去万荣那天，一大早就开始下雨。雨中的巴士在城市边缘反复绕圈子，短暂停留在不同的旅馆和民宿门前。最终的乘客不过十人，都是预约好的，清一色成双成对的年轻人。

驶出万象，雨就停了。我们离城市越来越远，大地再度干旱。乡村道路，行道树，拥有操场的小学校，无处不在的摩托车，视野所及之处，几乎没有任何色彩，尘土飞扬，炎热让一切都褪了色。

我们前座的一对男女，学生模样的韩国人，女孩大概有些晕车，她实在忍不住了，男孩便要求停车。只见他们下了车，女孩蹲在路边，低头呕吐，却迟迟吐不出来。王蓝蓝从塑料袋中掏出一瓶未拧开的矿泉水，要我拿给那女孩。我下了车，把那瓶水递给站在女孩身旁的男孩。

回到车上之后，他们谢了我们，随后四个人用英语简单聊了几句。他们是那种礼貌、未经世事的孩子。男孩又高又瘦，单眼皮，浓密的头发染过颜色，表情带几分腼腆。在照顾女孩这件事上，男孩显然并不熟练。女孩柔弱却更自信，淡淡的妆容，清新自然。或许是姐弟俩，也说不好。其间，女孩突然用中文对我们说，她曾在杭州做过两年交流生。我和王蓝蓝都很惊讶，但随即发现，她并不能十分流利地讲中文。我们就这样前言不搭后语地聊了一会儿，末了，王蓝蓝递给女孩一小板粉红色药片。见我瞪大眼睛发出无声的疑问，她笑笑说，是女孩子吃的止痛片。

几小时后，巴士到达万荣，把一车人依次送到各自的旅馆。两个韩国孩子比我们先下车，他们微笑着朝我们点头和摆手，那一瞬间，我竟觉得单眼皮男孩似曾相识。我转头看向王蓝蓝，恍然大悟。男孩的眼睛和王蓝蓝一样，单眼皮，窄眼瞳，天然一副冷漠、看透一切的表情，像阳光刺目时的猫咪。

王蓝蓝曾对我说，她想养一只猫，也许两只、三只都可以。毕竟她已经有了房子，她想不出一栋房子能有什么更好的用途。她说，学校宿舍楼前的花圃里有许多猫咪，天气好的时候，它们就会从植物间冒出来晒太阳。她可以长久地蹲在草坪前，什么也不做，直到所有的猫都离开。那真是特别幸福的一件事儿。

在燕郊的那个夜晚，在她空荡荡的客厅里，我觉得她已经醉了。她是那样真诚，夹杂着一种奇怪的无助。一个没有远大志向的女孩。

清晨来临之前，疲惫的她去浴室冲澡。当她回到卧室，几乎睡着的我睁开眼睛。我看见她裹着一条灰色浴巾。她小心翼翼地在我右侧躺下，始终保持着恰当的距离。我第一次看见她的文身，就在左臂上方，模糊的深色图案。"那是什么？"我睡眼惺忪地问。"哦，是一只蜂鸟，"她怯怯地说，"你要看吗？已经变形了，因为赘肉太多。""明天再看吧。"我一边回答，一边昏昏沉沉闭上双眼。

在万荣，我们的旅馆位于南松河畔。木质结构的三层阁楼，长长的一排，在河岸边连成一个整体。旅馆前台门外是一座带顶的花园，地板上摆放着一些圆形草席，木栈道通往河边。河对岸山连着山，水面倒映群山，放眼望去，恰是一副桂林山水的模样。我和王蓝蓝都没去过桂林，但我们拥有同样的画面记忆——电视上，钞票上，甚至是米粉店铺的墙壁上。风景如画。我们站在花园栈道前，行李箱堆在一旁，并不急着办理入住。一个彩虹条纹的热气球跃入视野，我们听见河边的孩子开始朝它欢呼。

我想坐热气球。距离太阳下山还有段时间，刚好可以在热气球上看日落。我试着征询王蓝蓝的意见，结果她当机立断替我做了决定。王蓝蓝到旅馆前台询问，幸运地订到了当天最后一个时段的热气球项目。工作人员身后有面背景墙，上面镂刻着几组大小不一的鸟类剪影，每只一种颜色，全是展翅欲飞的模样。我问王蓝蓝，那是什么，她回答说，是蜂鸟。

旅行社的双条车会在半小时后赶来。这期间我们办理好入住手续，将行李拖进没有电梯的三楼房间。这次是标准双床房，从阳台可以看见山与河。简单收拾好行装，我们回到前厅，坐在一侧的藤椅上等待。我看着那面拥有蜂鸟与时钟的背景墙，自言自语道："为什么觉得这么眼熟呢？"王蓝蓝说："也许在电视上或者钞票上见过？"我摇摇头。这时前台女孩用英语说："车来了。"我们匆匆出门上车，两排后座上已经坐着其他游客，一行人被运送到近郊一处空旷的庄稼地，那是热气球的发射基地。

橘红色的气球一点点膨胀起来，历经兴奋、漫长的等待，我们最终坐上了当天最后一个热气球。一共六位客人，两人一组，分别站立在吊篮的三个边角，第四个角站着司机。司机兼向导是一个皮肤黝黑的中国男人，面容清秀，表情沉稳，大约三十岁，或许更年轻一些。他说他已经在这里干了五年，目标是存钱买房子。

气球徐徐升空，火焰的呼啸削减了想象中的浪漫情怀。王蓝蓝有些发抖，她将身体放低，冰凉的双手紧握缆绳，而我的手握住了她的手。因为她对我说："你觉得，会不会有人从气球上跳下去？"我摇摇头："为什么你会这么想？"她可能觉得我误解了她的意思，进而解释道："我不是说我，我的意思是——你看，这里本来也没什么防护措施。"这时候，火焰下方的中国男人嗓音洪亮地说道："不用担心，绝对安全，抓好绳子就可以。"

晚霞映照天空，落日、云朵、色调、光谱，流动的气团让人觉得晕眩。我们在半空缓慢飘移，时而上升，时而下降，我们兴奋地冲着地面大喊大叫，地面上的人也冲着气球叫喊，直到夕阳的余晖渐渐黯淡下去。

当天晚上，我们在小镇上游荡，经过一个又一个售卖拖鞋、帽子和汗衫的杂货铺，最终跨过一座摇摇晃晃的绳索木板桥，来到灯光星星点点的河对岸。那是一家河边餐厅，四下漆黑一片，唯有一个延伸到河面的区域，由木板架设起若干正方形的座席。座席一侧就是流动的河水，脚下的木板条之间有许多缝隙，缝隙里同样传来*潺潺水声*。

我和王蓝蓝盘腿而坐，身前的小桌板又低又矮，吃起东西来并不方便。大部分时间，我们都在喝啤酒和看星星。一切都显得那么安静，人们窃窃私语，沉浸在他们自己的世界里。

我曾仰起脑袋，对着密集又闪亮的星星看了很久。只有星星，没有月亮。最亮的是金星，维纳斯，多美的名字。多莉·艾莫丝说，她曾坐出租车到金星一游，当然，那只是一首歌。我望着星空念念有词，想到什么都会说出来。不时有流星划过，每次我都会指给王蓝蓝，然后问她有没有看到。她每次都很认真地回应，却从不发表任何看法。每当我将视线从星空拉回眼前，在水边灯光的映衬下，我瞥见王蓝蓝的轮廓，一缕缕烟雾从她指间袅袅飞升，最后变成头顶的雾团。就算她并不讲话，我也知道，她正在享受这个星河之夜。我能感知她的心情，这是我们之间的默契。只是她显得那么瘦小，仿佛随时都会消失似的。

在万荣的第二天，我们参加了户外一日游项目。早餐之后，照例是等待旅行社的车。这天格外湿热，我们换上轻便的装束，然后来到旅馆门前的花园里。背心、短裤、人字拖、遮阳帽、防晒霜、香烟和水，这就是我们的全部装备。晚些时候，向导还会给每人发放一个防水包。

在花园的草席上，我第一次看清楚王蓝蓝的蜂鸟文身。只是一枚黑色剪影，和前台背景墙上的图案如出一辙，但漂亮极了。我没问她是什么时候拥有的，也没问它究竟有什么含义。我问她："听说文身会上瘾，是真的吗？你要不要把整条胳膊文满？"她笑着摇摇头说："不会再弄了，因为挺无聊的。"我又问："还是说你怕疼？"她回答说："当然不是。女人不怕疼的，不论文身，还是生孩子。"她继续解释道，"不过我不打算生孩子，不是因为怕疼，而是——我没法确定他将来会不会幸福。"令人焦虑的话题，我不知说什么才好。片刻后我对她说："先别想太多，明天的事明天再考虑吧。反正我怕疼，"我继续道，"不然我就文一个和你一样的。"她听了大笑道："别学我，要文你就文个蟒蛇或老鹰。"

车接上我们之后，又去了两家不远的旅馆。最后一组上车的，竟是那两个韩国孩子。当时他们正站在路边，等到车子靠近，他们抬头瞥见正看向他们的王蓝蓝和我，立刻露出惊讶的表情。他们一起笑着点头，韩国女孩用中文说"你好"。王蓝蓝伸出一只手，将她拉上了车。男孩用手握住铁栏杆，一脚蹬上来，在女孩旁边坐下。车上一共八名乘客，我们四个位于同侧，礼貌地打过招呼之后，没再多说什么。

车驶出小镇，穿行在乡野道路间，最终进入山里。柴油机持续发出突突突的原始响动，车子颠簸的时候，人们就会握紧身侧或身后的栏杆。如果是情侣，他们还会腾出至少一只手，用来握住对方的手。我正是用这个方法辨别出，两个韩国孩子之间不是情侣关系。如果他们有心去看，他们会发现，我和王蓝蓝也一样。

到达目的地后，男领队突然现身，为我们分发防水包和瓶装水。一行人紧随其后，开始了步行旅程。小规模的户外团体旅行，不同肤色的八个年轻人。有一组是两个身材高大的白人男生，其他三组全是一男一女的亚洲人组合。

第一站是岩洞漂流。洞口是一潭深绿色的活水，越往里走，水越浅。所有人必须佩戴头灯，穿好救生衣。每人坐一个大号甜甜圈似的轮胎，沿着一条绳索划水进入岩洞。

在岩洞内一处较为宽阔的水域，我不小心丢开了绳索，只好用手臂划水。在同样的区域，王蓝蓝一样撒开了绳索，无可奈何地漂浮在水面上。我发现，控制轮胎的走向其实很简单，只需用手朝相反的方向滑动。可如果沉浸在头灯闪烁的黑暗中，顾不得用手臂划水，那就只会发出无助却兴奋的尖叫。

我让自己的轮胎靠近王蓝蓝，然后看着它们相撞。我们像是在玩碰碰车一样，在原处转来转去。笑声和叫声此起彼伏。韩国女孩也乘着轮胎漂过来，故意发出惊恐的叫喊声。韩国男孩也出现了，也许担心我们困在这里无法顺利前行，也许只是为了一起玩耍。浑浑噩噩闹了一番，四个人互相推轮胎，拉手臂，最终回到了绳索的轨道。顾不得在意谁和谁有过肢体接触，此前的陌生或熟悉，都随着笑闹声一道散落在岩洞中。

午餐时间，领队带我们来到一片山间草地。在木头长桌两侧，我们吃完旅行社提供的三明治和水果，自由活动了一阵，然后继续接下来的项目。无趣的徒步，惊险的索道滑翔，用尽力气的独木舟划桨漂流，直至最后一站，潟湖跳水。

到达潟湖时已是下午四点。不知从哪里的溶洞和丛林淌出的一泓水，汇至村落附近的景区，已化为一个蓝绿色的池塘，周边则是一些有人工痕迹的亭廊、山石。一棵古树倾斜着伸向水面，两根粗壮的侧枝，一高一矮，化身"跳台"，人们走上前去，然后跳入水中。另有若干绳索和轮胎组成的秋千垂落水面，供游客玩。

那根矮枝还好，可以从岸边直接跨上去，距离水面也只有一米来高。但如果想去高处那一根，就必须先跟着队伍，从架设在古树主干上的竹梯爬上去，那根本就是赶鸭子上架，多少人在"跳台"尽头踟蹰良久，欲转身折返而不能，最后只能从四五米高的空中纵身跳下。

那对韩国孩子精神头十足，立刻上前跃跃欲试。我和王蓝蓝就坐在古树正对面的亭廊里，看着他们先后从矮的高的两座"跳台"跳下。尤其是那女孩，她展现出我们未曾见过的自信姿态，下水后甚至可以仰着脑袋漂浮起来。至于那男孩，他的举动完全是个孩子，在高"跳台"的时候，不知女孩对他说了什么，他听后缩一下脖子，然后挺直了颀长的身板，仿佛在为自己加油鼓劲儿。我用手机抓拍了一些照片，还拍了一两个慢速视频，每次拍完都拿给王蓝蓝观赏。

"你不跳一下吗？"王蓝蓝用她一贯的、不带什么感情色彩的口吻说。我快速摇头。"我不会游泳，"我解释道，"而且没有运动细胞，我可不想在他们面前丢脸。"

"我想去试一下，"王蓝蓝接着说道，"你觉得怎么样？""绝对支持！"我回答，"我给你拍照，记得替我多跳几次。""还真有点怕，"王蓝蓝又说，"我也不会游泳。"但她已经把防水包丢给了我，一边说一边站起来，随即沿着岸边朝古树走去。"加油啊——"我拖着长音，尽可能大声地喊道，仿佛希望所有人都听见。

我看见她背对着我摆了摆手，不一会儿便汇入刚上岸的两个韩国孩子当中。他们打着手势讲了些什么，随后跟着队伍爬起了树梯。我再次打开慢镜头录影模式，只见男孩、女孩、王蓝蓝依次来到高"跳台"的最前端。男孩对她们笑了笑，然后双脚朝下，直挺挺地落了下去，瞬间激起了白花花的浪。接着是女孩，她拉起王蓝蓝的手说了些什么，我猜肯定是些鼓励的话，随后上前半步，紧抱双臂落了下去，仿佛她只把自己当作某件物品，如此干净利落。

剩下迟疑的王蓝蓝，她的双手紧紧攥着身后那排竹架，它们是竹梯的延续，将"跳台"与后面那些较细的树枝隔开。韩国男孩一边摆弄秋千，一边望向王蓝蓝；韩国女孩已经游到岸边，此刻她掉转方向立在水中，开始对着古树上方挥舞双臂。我觉得王蓝蓝在发抖。我不由得起身，迅速从岸边向古树靠近，我在想，或许应该到近处迎接她的"首秀"。就在半道上，我听见"砰"的一声，比之前的声音都要沉闷滞重。

我立刻蒙了。再抬头，已不见树枝上的王蓝蓝。我看见好几个人朝那边游去，韩国男孩、韩国女孩，还有一个年轻的白人男孩，看起来不过十七八岁的模样。两个男孩架起她的胳膊，将她拖到岸边。我听见那个白人男孩一直用英语对她说："呼吸，呼吸，没事的，没事的。"韩国女孩抢先上岸，然后接应。我也凑了过去。

他们并没有把王蓝蓝立刻拖上岸来，而是让她露出脑袋，站立着待在水边。她的头发紧紧贴着脑袋，半边脸全是红印，表情惊惧，双眼紧闭。"你还行吗？你可以吗？"白人男孩仍在不停问着。她显然被水呛到了，此刻正在急促地呼吸，似乎还没有把水吐干净。"王蓝蓝——"我大喊她的名字。她睁开了双眼。见此情景，白人男孩舒了一口气，仰起脸对我说："别担心，她没事，好好照顾她。"说完便向水中央游去。

我和韩国女孩一起将王蓝蓝拉上岸，然后在附近石桌边的石凳上坐下。

"我没事，真的。"她笑着说。

太阳虽已偏西，但热度依然不减。光线从古树枝叶的缝隙投射到地面上，我看见王蓝蓝坐在石凳上的身影就在她的脚下，和石凳连成一片。过了好一会儿，韩国女孩用英语对王蓝蓝说："你的文身真漂亮。"

韩国男孩不知从哪里冒了出来，他将四瓶不同颜色的冰镇汽水放在石桌上，然后在最后一张石凳上坐下，示意我们挑选。

"谢谢！"王蓝蓝拿起最近的一瓶，拧开盖子，喝下一大口。我也拿起一瓶，然后高高举起。我们开始用不同的语言说"干杯"，最后发现，不论哪种语言，这个词我们都听得懂。

我们都没再去跳水。王蓝蓝和他们聊天，她告诉他们，过两天我们乘坐巴士去琅勃拉邦。我偶尔搭个腔，我对自己没什么信心，语言天赋多数时候都属于女孩子。有时候我觉得王蓝蓝像是变了个人，或许从我们踏上这片土地，她就不再和从前一样，她自由了，对一切都感到得心应手。

韩国孩子也打算去琅勃拉邦，只是还没确定时间，他们应该会在万荣多待一阵子。王蓝蓝和韩国女孩交换了聊天账号，而我打开了手机隔空投递，分享他们跳水的照片。

一个半小时的潟湖自由活动接近尾声，大家在指定地点集合，然后被送回各自的旅馆。

第二天，我们很晚才起床，错过了旅馆的早餐。天色阴沉，像是要下雨的样子，最适合开着空调蒙头大睡。起床后我们来到阳台上抽烟，才发现真的在下雨。远山愈发朦胧，河面泛起水雾。我问王蓝蓝，我们今天去哪里，王蓝蓝说她只想在屋里躺着。

我们吃光了迷你吧台上所有的薯片。王蓝蓝盘腿坐在她的单人床上，拿薯片袋遮住下半边脸。袋子上是嘴角上扬的皓齿红唇，看上去就像王蓝蓝自己在笑。我为她拍下照片，她从未这样笑过。

我们烧水冲泡速溶咖啡。我们让电视开着，把声音调小，好听到外面的雨声。综合频道，新闻播报，泰国广告。我们还用钥匙上的起瓶器打开了所有老挝啤酒的瓶盖。

雨没有停下来的意思。王蓝蓝说："昨天跳水的时候，以为自己要死了。"我问她："当时你在想什么？"她回答："当时我脑子里只有一句话——原来我是这样死的。"我气得笑出声："那就说明还没死。"她又说："就算真的死在这里，我也不觉得遗憾。""别说这种话，"我生硬地说道，"否则好运气会不见的。"她浅浅笑着"嗯"了一声，不再提不好的字眼。

"我还有许多事情没做呢，"我说，"我想去美国看演出，你不想吗？等存够了钱，我们可以一起去。"她点点头，她说她还没看过史密斯的现场。我知道，她指的是帕蒂·史密斯，而不是史密斯乐队。但她让我想起学校乐队的吉他手，吉他手的偶像就来自史密斯乐队，当年他坚持说我讲了他们的坏话，自此与我一刀两断。

我又一次向王蓝蓝提起这件事。但我向她声明在先——我的内心已毫无波澜，甚至还有点想笑。我说："那家伙简直幼稚至极。""我很好奇，你究竟讲了史密斯乐队什么坏话？"王蓝蓝问。"早就不记得了，"我回答，"你也知道，这根本不是重点。""我知道，"她说，"也许他心里清楚，也许他只是不能接受自己真的将你视为很重要的朋友。"

这个话题结束之后，我们又花了很长一段时间谈论韩国孩子。王蓝蓝同意我的看法——他们当然不是情侣，也许是兄妹，又不太像。她说，也许很快就会成为男女朋友，男孩仍有希望。我说，也许他们和我们一样，一样无所事事待在房间里，一样谈论着他们自己，或许也谈论我们，就像我们谈论他们一样。

一整天雨都没停。黄昏时我们饥肠辘辘，强烈渴望吃些真正的食物。于是我们一起下楼，问前台怎样可以订到晚餐，顺便查询琅勃拉邦的巴士票，如果总是这种天气，我们不如早些离开。

在那面彩色的蜂鸟背景墙之下，前台女孩对我们说，受到卡帕台风的影响，一些地方道路受损，出于安全考虑，巴士车会先停运两天，之后再视情况恢复。她还提醒我们，现在河水上涨很快，尽量不要去河边。这些事一部分我能听懂，另一部分则是王蓝蓝转述给我的。

至于吃的，旅馆只提供早餐。前台女孩建议我们去外面的主街上买，她将两把长柄伞递给我们，我们谢过她便走出旅馆。从花园向外走，顺着河流上游的方向左转，拐入一条主街，再往回走一小段，便是灯火通明的街市。道路有些泥泞，到处都湿漉漉的，然而人来人往，一切并无异常。随便选择一家餐厅，点了一大份比萨和两杯水果冰饮，这天仿佛才刚刚开始。

所有人都穿得极其随意，闹市的喧哗仿佛被雨水消音。有许多背包客模样的白人，有的三两结伴，有的独行。他们的脸孔在这个热带小镇上显得突兀，制造出一种异国风情。猫和狗全都蜷缩在室内避雨，飞蛾和其他带翅膀的虫子不安地围绕着灯光打转。

那个晚上，我们再次见到了韩国男孩和韩国女孩。吃比萨时王蓝蓝告诉我，韩国女孩给她发了消息。他们也在街市吃东西，他们也无事可做，他们本打算今天去坐热气球，显然计划被取消了。王蓝蓝问我愿不愿意去他们所在的餐厅。这是韩国女孩的提议，她说他们无聊极了。

"我没问题。"我回答。我脑海中出现了韩国男孩的脸，像在看一张照片那样真实。所以我没有理由反对。他们依然是陌生人，可他们年轻漂亮，充满活力，礼貌，而且单纯，反正在我看来是这样。"只是，"我对王蓝蓝说，"我们穿得会不会太随意了？""没关系，"王蓝蓝回答，"划船跳水时比现在狼狈多了。"

我们通过地图定位找到了那家路边餐吧。桌椅全部摆在室外，每张桌子上方都有一张油布顶棚。两个韩国孩子面对面坐着，桌上摆着一口奇怪的锅，可以用来烤肉涮菜，倒是很适合雨天。我们互相问候，然后在桌子的另外两侧坐下。男孩张罗着加了一些肉和蔬菜，当然，还有更多的老挝啤酒。

男孩穿了一件浅色的短袖衬衫，女孩是衬衫配裙子，头发扎成马尾。这种得体装扮在人群中实属罕见，看起来很像穿着制服的学生。

王蓝蓝对女孩说："可以问个问题吗，你们是不是姐弟俩？"女孩做出一个认真的夸张表情，即便听不懂，你也会知道她的意思。她说他们只是朋友。他们是同学，今年夏天就要毕业。我转头看向男孩，他点头笑着，没有多解释。

我多了几分自在。"我们也差不多，"我磕磕绊绊地用英语说，"我们也是同学，只不过早就不在学校了。"四个人一直在举杯，渐渐不再拘束。时间似乎还早，我觉得我们仿佛会一直坐在那里，就好像这个世界再没有其他人似的。但随着雨势渐增，水线从顶棚外侧不断倾斜着落下，地面劈劈啪啪泛起水泡和雾气，小餐厅不得不提前打烊。

王蓝蓝提议去河边看雨。她描述道："我们的旅馆前有座花园，沿着南松河的方向还有一排走廊，那里特别美。"女孩和男孩迅速交换了意见，或许有点过于迅速了，随即答应一同前往。"我们住得也很近。"女孩补充道。

　　我觉得王蓝蓝在冒险。或许她一直如此，她从来都比我勇敢。可是她做了我想做的事情。反正根本没什么可做的事情，不是吗？如果明天还是这样的天气，我们照样得困在这个地方。

　　在河边的走廊里，我们并排坐在廊柱间的木椅上，身后是旅馆的微光，眼前是被微光照耀的河面。我们和河面之间尚有一带浅浅的杂草丛生的堤岸，雨很大，但没什么风，流动的河水和落下的雨水融为一体，巨大的声响犹在耳边。

　　王蓝蓝开始抽烟。当我注意到她，我发现韩国女孩也在做同样的事情。她们俩肩并肩坐着，偶尔低语，仿佛形成一个短暂却坚固的同盟。潮湿的空气里，我能看见暗淡的光线中烟雾氤氲攀升的模样。那味道有些奇怪，似乎过于强烈了，带点植物的焦煳味。男孩也加入了她们的行列，不知道他从哪里掏出了那根烟，总之他费了很大劲儿才用打火机把烟点燃。随后他看了看我，一言不发地把烟递给我。

我吸了一口，发现没有过滤嘴，忍不住咳了几声。王蓝蓝隔着男孩对我说："别吸太猛。"她的声音听起来既不兴奋，也不担忧，仿佛只是在提醒我一件微不足道的事情。

我问王蓝蓝："你是第一次尝试这东西吗？"她轻轻摇了摇头。

我有种奇怪的感觉，像是一种背叛。不是因为这种手卷草叶本身，而是他们三个事先达成一致，却将我排除在外。我真的生气吗？或许说嫉妒更贴切些。王蓝蓝并没有强迫我做什么，而且，我内心更多复杂的欲望，正伴随焦煳的气味升腾。我们只是想要不同的东西罢了。

我又吸了一口，随即将烟卷递回给男孩。我突然站起来，对着河水迸发出一声尖叫，随即看准浅滩的一片空地，在雨中向前跑了几步，然后定定站住，等待雨水将我淋湿。我听见他们在我身后发出惊叫："回来！回来！你疯啦——"

韩国男孩冲进雨里，将我拉回亭廊。我坐在地上，用力喘着粗气，感到无比清醒。我听见王蓝蓝说："你也太容易兴奋了。"我的衣服、头发全湿了，眼镜上沾满水珠。我抬起头，水滴顺着我的脖子流下来，我看见他们三个正俯身审视着我，男孩的浅色衬衫也湿了大半。

我说了声抱歉，然后指指身后的旅馆："我们先回房间去吧，可以换件衣服，也可以在阳台抽烟，一样能看见这条河。"他们随声附和着，王蓝蓝伸手拉我起来。我知道，此刻他们根本不想思考，他们只想继续追逐那尚未完成的陶醉。我也知道，随便哪里都比河边安全，我必须成为保持清醒的那个人。

前台女孩已经下班，现在是一个男人在值班。我将旅馆的雨伞还给他，他伸手去接，然后看了看我的朋友们，抽抽鼻子，仿佛在确认一切是否正常。他随口问道："还有什么需要帮忙吗？"我说："不用了，谢谢，只是淋湿了而已。"他没再说什么，返回到自己的转椅里。

我们爬上三层的楼梯，木板的咯吱声在我听来格外清晰。回到房间，王蓝蓝拉着女孩径直走向阳台。我从衣柜里拿出一件背心和一件T恤，男孩选了背心，他走进浴室，没再关门，脱去衬衫，用一条干毛巾擦了几下身子，迅速套上我的背心，走了出来。他对我笑笑，单眼皮，裸露的宽阔肩膀。他轻声说了句谢谢。

我用热水淋浴，擦干身体，换上新的T恤和短裤，没有花太长时间。男孩的衬衫就搭在洗脸池上方的毛巾架上。当我走出浴室，我闻到了那熟悉的刺鼻味道的尾韵。

我看见男孩坐在我的床边。他看起来还好。他用英语对我说："你错过了。错过了，幸福。"当我从他面前走过，我转头看着他的脸。他伸出一只手，指向阳台，继续对我说道："但是她们，她们还有。"

我继续朝前走，来到阳台门口。我推开本就没关紧的玻璃门，看见王蓝蓝和女孩盘腿对坐在外面的地板上，两个人将双手放在身前，和对方的双手搭在一起。她们正在交谈，而我蹲坐在她们身边，看见墙角烟灰缸里手卷烟的残骸。她们侧身看我一眼，一副熟视无睹的表情。我听见韩国女孩继续说道："真正让我们恐惧和烦恼的，并不是外在发生的东西，而是我们思考问题的方式。"我看见王蓝蓝点了点头，她慢悠悠地说道："我觉得，确实，也许……"我觉得她忘了自己要讲什么，于是对她们说："回屋吧，姑娘们，小心着凉。"然后，我听见王蓝蓝继续道："我知道，是我自己的问题。"

她们仍一动不动坐在那里，根本没听见我在说什么，仿佛她们眼睛里只有彼此。我无趣地退回屋内。

男孩已经躺在我的床上。但他没有睡觉，他的眼睛正盯着天花板。我听见他念叨了句什么，然后继续静止在那里。他并不需要有人回应。

我打开电视机，将音量调到最小，然后坐在男孩的脚边。屏幕上闪烁着手机广告、零食广告和护肤品广告，清一色漂亮的脸孔，梦幻满足的表情，仿佛一份批量制造的单品就能让你获得真正的幸福。

男孩每隔几分钟就会冒出一句话，时而好奇，像是发现了什么伟大的定律，时而沉迷，仿佛在享受甜蜜的情意，而我一句也听不懂。

王蓝蓝和女孩也已回屋。她自言自语道："今天吃得太多了，有点想吐。"她走进浴室，干呕了几声，我跟过去看是否需要帮忙。她很快走出了浴室，对我摆了摆手，回到自己的床上。女孩已经仰面躺在床上，王蓝蓝躺在女孩身旁，握住女孩的一只手。

"那就睡吧。"我对他们说，但没人理我。我躺在男孩身边，他已经闭上了眼睛。我侧身看着他脸庞的轮廓，突兀的鼻尖，时张时合的嘴唇，我很想弄明白这人究竟是谁。

整整一个星期，我们都待在蜂鸟旅馆。南松河水位疯涨，许多农田被淹。车辆大规模停运，游客滞留此地。起初还能看见租了皮艇的人，他们在雨中的河流上冒险，但很快就被禁止了，河边的亭廊也被封锁起来。我们每日最关心的事情就是天气预报，我们关注着卡帕台风的走向，我们知道，它总会离开的。

　　我们没再和两个韩国孩子见面，并非刻意。旅馆开始提供午餐和晚餐，却不再提供早餐。除了去便利店买必需品，他们不建议我们出门。王蓝蓝依然和女孩保持着联系。偶尔她会说起女孩发布的网络动态，给我看从某扇窗前拍摄的照片：马路边的狗，远处的山和树。"他们后悔选错了旅行时间。"王蓝蓝说。她说话的语气，就好像什么也不曾发生。

　　"那你后悔吗？"我问。王蓝蓝的回答是她不后悔，一点也不后悔。我记得她还说过，如果她自己出行，哪怕遇见飞机失事，或者被洪水冲走，她也不会后悔。不管我们怎么选择，最终的结局都一样。

　　阴雨的日子里，我翻出行李箱底唯一的一本书。我通常在路上才会读书，一到目的地就收起来。如今，王蓝蓝常要求我读给她听。《隐身衣》，一个古典音乐发烧友的故事，一个生活在粗陋现实里的另类存在。"随便从哪里开始读。"王蓝蓝说。于是我就从上次看完的段落开始，断断续续，直到整个故事结束，再从头开始。

我们不再喝那么多老挝啤酒。我们一次性买了很多伯爵红茶，带点柠檬的味道，配一种王蓝蓝强烈推荐的咸味饼干，那是她的最爱。她说，她可以待在这个地方，不着急回去。她说，下次我们一定得去个有音乐节的地方。

大概一个多月后，我在北京收到王蓝蓝寄来的明信片。

台风离境之后，我从万荣回到永珍，而她去了琅勃拉邦。我们一同离开了蜂鸟旅馆，在主路边上等待各自的巴士车。我的车先到了。王蓝蓝突然大喊我的名字，然后张开双臂。我学着她的样子，身体前倾，让我们的臂膀得以抱在一起。那是我们唯一的一次拥抱。

我从万象飞到昆明，又从昆明飞回北京上班。王蓝蓝和两个韩国孩子一起去了琅勃拉邦。

她在明信片上这样写道：

"这里有很多寺庙。清晨我们在旅馆门前布施，傍晚就去湄公河附近的高地发呆，看日落。白天热得要命，随便走走就汗流浃背。昨天和韩国妹子去了光西瀑布，差点中暑，他们在那里游泳，但我再也不敢下水了。先写到这里。想念万荣，也想你。蓝于琅勃拉邦。"

你相信吗？如今在我的右臂上方，真的有一枚蜂鸟文身。那发生在老挝之行的五年后（琅勃拉邦之后，我再没有收到过王蓝蓝的明信片，也没有任何她的消息），四月里的某一天，我心血来潮，文了这玩意儿。我想做这件事很久了，也许只为体验疼痛的感觉。

那年鲍勃·迪伦拿到了诺贝尔文学奖，同年，莱昂纳多·科恩过世。每当听到这种消息，我就会想起王蓝蓝。我会想象她听到这些消息后的反应。我想告诉她，我一直在等她给我寄新的明信片。我想告诉她，我去了欧洲的音乐节，但是错过了帕蒂·史密斯的表演。我想告诉她，我印了一本小说，但不知道怎样才能寄给她。我想告诉她，中国人在老挝修建了高铁，我们不必再乘坐巴士车了。我知道，我真正想告诉她的，并不是发生了什么事，而是我真的非常想念她。

你的盛宴在东方

你的盛宴在东方，经过牧场就能抵达。

——乔安娜·纽森《猴子与熊》

化石与兰花

我们要去一个叫蒙绍的村子。它属于德国地界,在深山里。其实并不遥远,一驶出荷兰,几乎就到了。我们会在那里待上一晚,盛东,荷兰人,还有我。

盛东开车的时候,时常会转头巡视身后的路况。他刚拿到驾照不久,我觉得他还不太习惯用后视镜。车子也是新的,一辆经济型德国车,黑色,空间不大,但非常实用。荷兰人坐在副驾驶的位置,我坐在后座。我们带了一些CD,装在一个纸袋里,一并放在后座。每当我把选好的CD递给荷兰人，他总会检查般将碟片的两面反反复复看上好几遍，然后塞进播放器。他拿CD的时候，拇指和中指扣住碟片两端，食指则轻轻抵住盘芯，仿佛一切都很稳固，尽在掌握之中。

然后，我就会听到音乐声。通常是节奏强烈的北欧舞曲，或者是几十年前的摇滚乐，怪异的女声，等等。每当音乐响起，我感到整个世界仿佛都突如其来地改变了，然而一切都没有改变。我就这样看着他们的侧影，听着音乐的巨响，完全听不到车外的声音。窗外是荷兰的乡间公路，没有太阳，只有灌木、田野、奶牛、山羊，还有那些时远时近的巨型发电风车。

只有在更换CD碟片的间歇，我们才会说上几句话，仿佛是趁着那短暂的宁静，抓紧时间讲个不停。有一次我问盛东，为什么他经常转头向后看，他回答说，因为有视觉死角。教练就是这么教的，不这么做根本拿不到驾照。"转弯前，"盛东快速地解释给我听，"你必须分别去看车内、车外的后视镜，然后再转头看窗外。"这些事项，盛东用英语跟荷兰人又讲了一遍。荷兰人听完就开怀大笑，他自得其乐地说："所以我不会开车，也不想学。"

所以我们三个人的这趟旅行，只有盛东开车。开车时的盛东少言寡语，他是如此专注、坚定、胸有成竹。在此之外，他完全是另外一个样子，更加孩子气，随便说起什么话题都可以口若悬河。

中午时分，我们停靠在一个便利商店附近的小树林边上。我们坐在石凳上吃掉几个面包卷，然后开始抽烟。只有荷兰人和我抽烟。盛东坐在一旁，拧开又合上他的矿泉水瓶盖，有一句没一句地讲着今天的行程。盛东跟我讲中文，跟荷兰人讲英语，同时扮演翻译的角色。

"知道我最想在蒙绍找到什么吗？是化石。"盛东自问自答，"一种鱼类的化石，但是长了六只脚。"他神情严肃，仿佛正在骄傲地向我们宣告，他要找到属于亿万年以前的一些遗迹，这才是他此行的真正目的！

"我不知道自己要找什么，因为我完全不知道那里有什么。"荷兰人说，"如果那里真的有鱼，只要在餐桌上出现就可以了。"

我看着他们，和他们一起哈哈大笑。

"我们一会儿先去买兰花。"盛东说，"有个挺有名的花房，就在沿途某个村庄的边上。"

我知道兰花，盛东家的窗台上摆满了兰花。盛东就是因为喜欢这个才来到荷兰学园艺的。

"在荷兰，人人都可以是花匠。"盛东谦虚地说。

"但我就不行，"荷兰人说，"我学不会养花。"

"你也学不会开车。"盛东说。

"没错，所以我只好画画。"荷兰人熄灭烟头，站起来伸了个懒腰。他人高马大，穿一条红色的裤子。他两年前刚从艺术学校毕业。

"我也完全养不好花草。"我实话实说。

"你们只是没有真正爱上它！"盛东的语气不容置疑。

瓷娃娃与红山羊

有时候，盛东看起来就像是一个瓷娃娃。或许在橘红色胡子的荷兰人眼中，盛东就是这个样子。

荷兰人和盛东相识于鹿特丹。那是三年前的夏天，当时他们出现在两人共同的朋友的生日聚会上。荷兰人的全名是拉尔夫·考克。为了简便，我们就叫他荷兰人。荷兰人拥有橘红色的头发和胡子，模样很凡·高——所有第一次见他的外国人都会这么觉得，盛东也不例外。在朋友的生日聚会上，盛东注意到这个高高瘦瘦的荷兰人。他长得无疑很像凡·高，盛东心想，但更像一只火红的山羊。

盛东对荷兰人没兴趣，至少那天没兴趣。盛东的心思不在这里。那时他刚刚从园艺系毕业，工作的事情尚无着落。更要紧的是，他正心无罅隙地想念着另一个人，一个眉眼炯炯、光彩照人的土耳其人。那是他的大学同学。就在几天前，土耳其人回到了伊斯坦布尔，像个衣锦还乡的王子。盛东想念着他，几乎决定要去找他。他还从未去过伊斯坦布尔。或许可以在那儿开一家鲜花店，盛东心想。他怀揣一颗不安的心，想要开启一段崭新的人生。

盛东的思绪飞得太远。当眼前的荷兰人主动举起酒杯靠近盛东的脸，他才意识到自己依然身在鹿特丹。荷兰人有些调皮地反反复复向盛东撞去。他们一杯接一杯地喝啤酒，直到聚会结束。分别时他们礼仪性地碰触脸颊，荷兰人突然说："我想为你画一幅画。"盛东本来想说，没这个必要了，因为他就要去伊斯坦布尔了。但他什么也没说，他看着荷兰人琥珀色的眼睛，笑了。

经过牧场就能抵达

在花房外面的空地上，荷兰人熟练地卷好一支香烟递给我，接着再为自己卷上一支。一个男人独自把买好的养花设备装上车，然后驶离了花房。周围是村庄和田地，要走很久才能到达高速公路。

随着汽车引擎声的渐渐消失，这里变得格外安静。四下再无他人，连一丝风也没有。午后的太阳探出脑袋，显得巨大而空洞。荷兰人和我抽着烟，无所事事地站在盛东的车前。"那里面太潮湿了。"荷兰人用英语对我说。起初我没听懂他的意思，只好假装镇定自若。"天可真热啊。"我说。不论我们说了什么，没有什么事情是真正值得担忧的。这里是乡下，盛东在花房里挑选兰花，而我们在外面等他。

下午时分，我们沿着渐窄的高速公路驶入山谷。我们不停盘旋，经过树木茂密的山坡和阳光刺目的草场，最终抵达位于德国的蒙绍村庄。

村庄被一条与世隔绝的溪流贯穿。站在停车场的露台，抬头是山，低头是水。沿溪流蜿蜒远去的，是童话般色彩斑驳的建筑群。车子停放妥当，三个人步行去往住处。盛东和我抱着兰花，荷兰人拎着行李包。盛东坚持要带上新买的花，他担心夜晚车里太冷。就这样，盛东怀抱一个敞口的纸箱子，里面是两盆被彩色油纸包裹的兰花，剑鞘般的叶子和一两个浅色的花苞呼之欲出。我抱着另一盆花，同样被彩色油纸半包裹着，一个麦穗似的花苞探出脑袋。我们跨过一座水泥砖桥，沿着石头铺就的小径来到山下的巷子里。房主已经在门前等我们了。

是个金黄色头发的中年女人。她带我们上楼，开门，介绍不同房间的位置，在收取了余下的费用之后，留下钥匙离开。二楼和三楼是一个整体，二楼是厨房和客厅，三楼是洗手间和两个卧室。所有的窗户都朝着同一个方向，窗户下面就是那条小溪。

我们把兰花摆放在客厅窗边的地板上。旁边的架子上还有两小盆房间里原有的绿叶植物。现在，这些植物连成一片。现在，这栋木质结构的大房子属于我们了。盛东跟荷兰人到楼上放行李，我没什么行李，只把背包搁在沙发前的毯子上，然后在窗前伫立良久。溪流对面是这个村庄唯一的小广场。热气正在渐渐散去，夕阳的余晖透过几棵大树洒在广场边缘，一个酒吧工作人员正在认真摆放桌椅，迎接黄昏和客人的来临。

凡·高与安特卫普

荷兰人比盛东小两岁。认识盛东时，他还在大学里念书。那是位于比利时的安特卫普艺术学院。一百多年前，凡·高也曾来到这所学校。他漫步于这座繁华的港口城市，漫步于船坞码头，漫步于尖顶教堂间细密的石头小路上，感受这里与荷兰乡村生活形成的强烈对比。他去博物馆反反复复揣摩鲁本斯，他在学院里专心描画那些免费的男模特，描画骨骼和烟草。"我喜欢安特卫普，我希望有一天我们能一起在这里散步。"凡·高在给弟弟的信中这样写道。一百二十年后，荷兰人跟盛东说了同样的话。他邀请盛东到安特卫普，他说，他们可以一起散步。

在聚会上，盛东并没有答应荷兰人任何事情。然而两个月后的初秋，盛东真的去了安特卫普。在此之前，命运赋予盛东整个焦灼的夏天。他两度离开荷兰，每次都没打算回来，但他还是回来了。

盛东先是来到伊斯坦布尔。他的那位土耳其同学花了两周时间陪伴他。当他们在机场相拥告别，土耳其人黑色的大眼睛里泛起泪光，他说了很多次对不起，像个不谙世事的孩子。回到鹿特丹，盛东放弃了到伊斯坦布尔卖花的打算。尽管如此，当他每天早晨第一次醒来，然后再次闭目打盹的时候，土耳其的风光还是会浮现脑际。他强迫自己睡去，睡着了就会暂时忘记。当他再次醒来，整个世界依旧一片晦暗，他觉得自己无处可去，然后他会开始想家。

盛东收拾好行李，买了回国的机票。他和父母一起待了近一个月。他们问他："你还回去吗？"盛东摇摇头："我还没有想好。"父母没再多问，他们习惯让盛东自己做决定，一如当年去荷兰读书的决定（但是盛东也知道自己有多么幸运，不论他有什么想法，父母总是出奇一致地全力支持他）。就在盛东认真考虑，如果待在中国，他需要找一份什么样的工作的时候，荷兰一家著名的电器公司联系他参加面试。这家公司在园艺控温设备方面刚刚开启中国业务，那个职位盛东再适合不过。所以他还是回到了荷兰，他还是选择了鹿特丹，这是他熟悉的地方。

距离正式入职还有些时日，盛东打算四处走走，充分利用这最后的假期。荷兰人碰巧在这时打通了盛东的电话。他邀请盛东去安特卫普，他说他整个夏天都待在安特卫普画画，而且每周都给盛东打"暂时无法接通"的电话。盛东在电话中讲了自己的近况，不过他暂时隐匿了土耳其的部分。荷兰人惊讶地赞美着盛东即将入职的公司，他说自己无论如何也得不到这样的工作。盛东答应过几天就去安特卫普。荷兰人说："欢迎光临画家的城市，安特卫普将会送你一份礼物。"

为安特卫普干杯

九月的一天，盛东背着一个书包，独自登上去往安特卫普的国际列车。从鹿特丹到安特卫普只需要一个半小时车程。盛东发现，几年来他去过了留学生和游客们常去的那些地方，意大利、法国、英国、丹麦、瑞士……那些广为人知的欧洲风情，那些并不独一无二的经历，虽说绝不至于后悔，但回想起来并不是非去不可的。他不知道自己为什么旅行，反正全世界的人都这么做；这种感觉很像是在说，你没有权利不去追求幸福，没有权利不去体验各种经历。但是，去过一个陌生的地方之后就真能得到幸福吗？盛东突然想到这个问题。盛东发现，安特卫普也是一个陌生的地方，它就在荷兰的邻国比利时，但他竟一次也没有去过。午后时分，盛东抵达安特卫普中央火车站。在车站大厅那华丽的罗马钟表底下，荷兰人向他张开双臂。

那天下午，荷兰人如愿以偿地和盛东一起漫步在安特卫普城。他们在古老的建筑间穿梭、驻足，谈论眼前的一切，谈论各自的过往、现在，还有各种琐碎的打算。荷兰人带盛东来到一处废弃的教堂花园，教堂顶部已被拆除，只剩下雕像、山石、断壁和几棵巨树。荷兰人神情严肃地把这里称作"秘密花园"，他讲这个的时候压低了声音，俨然自己有义务保守这个秘密。荷兰人喜欢这里，因为这里几乎没有游客，偶尔有人误入其中，拍几张照片就会马上离开。盛东也喜欢这里，因为这里"未加修饰"，他是这么对荷兰人说的。他们俩坐在花园大树下仅有的一张石凳上，斑驳的阳光照在他们的脸上和身上。盛东觉得自己正在渐渐变浅，以至于来不及承载多余的想法。他被荷兰人周身散发的某种气息感染了，这种气息一如安特卫普明媚的秋日阳光。

在荷兰人租住的房间里，盛东得到了一幅水粉肖像画。那是一栋白色公寓的四楼，盛东跟随荷兰人的脚步，沿着狭窄而多阶的木头楼梯来到房间里。小小的客厅被布置成画室，充斥着颜料、奶酪和香水的混合气味。墙边放着几个木头盒子，简易衣架上挂着几件大衣。画作几乎无处不在：木头盒子里，衣架下方，地板的不同角落。画架支在唯一的窗户旁，盛东走过去，看到一幅画了一半的紫色啤酒瓶。盛东夸赞这幅画的色彩，荷兰人却说这幅画一开始就是个错误。就在盛东静静地观察画上的啤酒瓶时，荷兰人悄无声息地从画室溜进卧室。"盛东——到这儿来。"盛东循声走进卧室，他看到荷兰人正端端正正坐在床边，捧着那幅水粉肖像画。画上的男孩留着黑色短发，眼睛眯成一道弯刀，一只装满啤酒的大号玻璃杯刚好遮住男孩的嘴巴。不用说，画上的人正是盛东。荷兰人并不说话，只是手捧画像灿烂地笑着。

盛东呆呆地站着："我好喜欢这幅画。"

"送给你的。"

"谢谢。"

"喜欢吗？"荷兰人起身把画递给盛东。

盛东伸手接过画，郑重其事地说："非常喜欢，谢谢你。"

晚上，他们坐在公寓附近露天酒吧的大树下，荷兰人喝着比利时白啤酒，盛东喝一种樱桃口味的啤酒。夜色渐深渐重，微凉九月梧桐。有那么一会儿，荷兰人让盛东等他，他回公寓添了件外套，同时拿了一件给盛东。盛东穿上那件内里柔软的深红色运动衫——太大了，但是很暖和。荷兰人从大衣口袋里变出个铁罐子来，是浅蓝色盒子的骆驼牌烟丝。他仔细地在桌上卷了根烟，然后递给盛东。盛东摆摆手，他不抽烟，但不介意荷兰人抽烟。荷兰人把烟点燃，一根接着一根。

荷兰人出生在鹿特丹，他的家位于新马斯河的南岸，是很简陋的那种白色公寓楼，没有花园。他有两个姐姐，她们陆续离开了家，并且有了自己的小孩。他觉得自己也算是离家了，偶尔才回去看望妈妈。爸爸早就不在了，没关系的，都十年了，要么就是九年。爸爸死于癌症，一直躺在中心公园旁的那个墓地，他每年都去看他。妈妈挺好的，她有自己的生活。他和妈妈的关系很融洽，至少他回家的次数比姐姐们多。再过一年，他就会完成学业，他肯定会回到荷兰的，没想过为什么，荷兰是他的家乡，他说："不然我还能去哪呢？"

"那你呢？"荷兰人问盛东。荷兰人对中国很好奇，他很想听盛东讲讲中国。但是盛东不知该讲什么才好。他小时候无非是不停地搬家和转学，还没交到朋友就又换了学校，永无止境地被新学校的同学欺压。后来盛东拒绝再去学校，父母竟真的同意他在家学习。那几年，母亲日复一日陪他，他不仅学完了初中课本的基础知识，还在父母的熏陶下养成收听英语电台广播的习惯。高中时重返校园，在一个几乎封闭的寄宿学校。他的英语成绩很好，但是他特别害怕与人交往，仅有一两个好朋友；他喜欢摇滚乐，梦想是做音乐电台主持人；考大学时本打算报考英语播音专业，最终却来到荷兰学习园艺……"这一切太无聊了。"盛东说。什么是有趣的呢？他想了又想。他说起父亲。盛东的父亲是个工程师，年轻时曾到德国学习炼钢技术，后来一直效力于炼钢工厂。高炉，转炉，火红的钢水，就像岩浆一样；曾有人不小心掉进去，立刻就熔化了。荷兰人做出惊恐的表情，举起双手，假装要捂眼睛。

夜更深了，喧哗转为私语。桌腿衔接处的雕花铁栏杆沾上一层薄薄的露水。盛东裹紧荷兰人那件运动衫，仰在铁质座椅的网状靠背上。"你去过伊斯坦布尔吗？"他终于开始讲述他的小小心事，一边呼出浅白色气流，一边不时瑟瑟发抖。

酒吧打烊前，他们又要了两小杯加了柠檬汁的杜松子酒。

"干杯！"两人将酒杯举在半空。

"为已经离开的伊斯坦布尔？"荷兰人调侃道。

"当然不是，应该是为安特卫普。"盛东提高声调。

"太好了，那就为安特卫普干杯！"荷兰人笑着说。

这是盛东第一次品尝烈酒。他无法忍受那种金属般的异样味道，做出一个夸张的痛苦表情。而荷兰人立刻回他一个一模一样的表情。

荨麻疹少年

第二天一早，盛东发现自己起了荨麻疹。

或许你听说过荨麻疹。通常是一些不规则的红色斑点，它们会随机选择人们的脸颊、脖颈或身体其他部位，短暂地停留。

荨麻疹是盛东的烦恼之一。原因不明，无法根治。也许是因为风，也许是因为酒，也许都不是。盛东让荷兰人不必担心，他说只要待在房间里，用不了多久就会消退。

在房间里，在荷兰人那间简陋的画室里，盛东说起他第一次得荨麻疹的经历。

那年他读高三。冬天的晚上，街上行人寥寥，河水都结冰了。当时他和蒋尧走在护城河边，他们都冷得发抖。就在盛东忍不住想要抱怨天气太冷，说他们还不如不要逃晚自习出来的时候，蒋尧变出一包烟。那包烟真是来得恰到好处。蒋尧用两根火柴同时划向磷纸，很大的火苗，"啦——"他们探着脑袋用力吸气，烟终于点燃了。如果你当时从旁边经过，就会看到一个有点婴儿肥的男孩（那是盛东），以及一个骨瘦如柴、呆头呆脑的男孩（盛东的同班同学蒋尧）。幸运的是，并没有人从旁边经过。所以他们兴奋异常地讨论着吸烟的感受。蒋尧说他的气管很痒，盛东说他怎么没有啊，就是觉得头有点晕。他们都很开心，暂时忘掉了学业的负担。第二天，盛东就起了荨麻疹。

盛东因此再没碰过香烟，蒋尧却从此再没断过。那一年他们参加了高考，自此天各一方。

蒋尧曾在信中对盛东说，他再也找不到那天晚上的感觉了，那种在冷空气中气管颤抖的感觉，那种痒痒的感觉。第一次把烟吸进去，烟粒丝丝入扣，蚕食年轻的身体，然后蒋尧意识到，他真正学会了抽烟。也许这一切毫无意义，蒋尧说，但他就是想对盛东讲一讲这些东西。他一有时间就给盛东写信，写得很多很长，让纸张在超重前恰好配得上航空邮资。

写信的日子差不多持续了一年。那一年，蒋尧在复读，而盛东去了荷兰念书。他们最常在信中分享的，不过是和摇滚乐有关的一切。哪个创作歌手又出了新的专辑，或者是盛东去剧院看了人生中第一场演唱会。再就是各种细碎的、不值一提的情绪。比如抽烟，比如荨麻疹。盛东曾对蒋尧说，荨麻疹其实也算是他到国外读书的"借口"之一，他自己称之为"借口"。"这么说你要感谢我咯？"蒋尧说。"可我发现，"盛东后来又说。"似乎跑到哪里都没有用。"盛东再没有碰过一根香烟，却依然被荨麻疹不定期地拜访着。

旋转游乐场

所以，我就是蒋尧。如今成为蒙绍村庄短暂客人的，正是我们三个。我们会在这里待上一晚，盛东、荷兰人，还有我。

在这样一个八月的黄昏，我们穿过广场和教堂，沿着起伏迂回的小径走了又走。盛东跟荷兰人走在前面，我踏着他们的影子紧随其后。盛东会随手捡起一些小石块，端详一番，最终还是丢掉了，那些并不是新闻报道中提过的化石。还有那些触手可及的枝头浆果，盛东跟荷兰人讨论着它们能不能吃。当我们最终站在那个位置绝佳的观景台，遥望整个村庄，我能看到阳光作为一个整体，在灰白相间的房子上缓慢移动。我们肩并肩站着，身后是一座黑色城堡的残垣。这里是村庄的最高处，我们被无尽的群山包围。

"大山和大海，你们更喜欢哪一个？"盛东问道。荷兰人做出认真思索的样子，然后回答："我都喜欢，但我应该更喜欢大海。"说完，他看看我，又看看盛东，顺势把一只手搭在盛东肩上。"我也都喜欢——最好一面是山，一面是海。"这是我的答案。他们都笑了，仿佛笑我太贪心。

"我倒是更爱山，"盛东扫视眼前的村庄，又回头仰望那座城堡，"你们不觉得山里更加安静，更加神秘吗？"我跟荷兰人都同意他的说法。但荷兰人突然说，其实他更喜欢中国，因为他觉得中国更加神秘。他看了看盛东，然后夸张、急切而充满渴望地问道："我们什么时候去中国？"

中国，几天前我才离开。是盛东邀请了我，邀我同他们一起度过短暂的假期。"你想住多久都可以，只要签证允许。"他当然知道，我们的这个约定已经太过久远。早在寄航空信件的日子里，他就叫我到欧洲找他，他说我们可以一起旅行，去很多很多地方。这种慰藉，曾伴随我度过复读岁月里最为艰难的时光。后来，电脑和手机的时代突然来临，我们不再写信了。只是每当盛东假期回国，他还是会带唱片给我。大部分都是CD，这两年开始带黑胶唱片。除此之外，我们没有更多的交流。大约我们都在忙着体会新鲜事物。我们心知肚明，不去彼此牵绊。我一直都想念盛东。我终于做好了准备，赴盛东之约。我们都知道，一切都已经不一样了。

"你们可以一起回来过春节啊！"我说，"记得来找我，一定会很有意思的！"那将是另一场旅行了。人们在旅行中畅想新的旅行。不同的国度，不同的朋友，或者不愿被定义的身份。

天黑之前，我们来到一家露天餐厅。我们是唯一的客人。一位德国老奶奶为我们点餐，她神情严肃，讲很少的英语，不过她还是用英语说清楚了以下事项：香肠和羊排可以配一份自助沙拉，但酱汁野猪肉不行。天色渐暗，露台边上的街灯亮了起来。吃完这一餐奇怪的德国食物，退去了太阳的热度的深山变得微凉。

晚上，所有的商店都关门了，但临街的橱窗无一例外亮着。橱窗内陈列着绚丽玲珑的物品，瓶装果酱、盒装马卡龙、花环、猫头鹰模型……沿着那些橱窗走，在小溪对岸的山脚下，我们发现一个隐蔽的小小游乐场——茅草亭、滑梯、秋千、旋转椅。只有那把铁质旋转椅拥有足够的空间。

荷兰人叫我和盛东坐上去，然后他开始推动转椅。转椅加速旋转，盛东紧紧握住面前的铁栏杆，并且叫出声来。我看到盛东闭上眼睛，他在笑，并且喊道："快停下来——"没有人理会他。我睁大眼睛看着眼前的一切。黑黢黢的山，深色的树，近旁的茅草亭每隔几秒钟就会出现一次。荷兰人在某个瞬间出其不意地跳上来，坐在我的旁边。他喘着气，合上入口处的铁质护栏，然后一只手臂揽住我和盛东的肩膀。我坐在他们俩中间，我能感觉到荷兰人沁出的汗水。这时候盛东睁开眼睛，我们开始一起尖叫、尖叫，直到转椅减速，渐渐停滞。回到地面之后，我的心脏依然扑通扑通跳个不停。我一点也不害怕旋转，我想我只是害怕停下来。人们总是害怕那些注定发生的事情。

顾客留言簿

那年九月，盛东在安特卫普同荷兰人度过短暂的几日，然后就回到鹿特丹，正式开启了他的职业生涯。其后的一年中，荷兰人"回家"的频率大为增加。一年后，荷兰人从艺术学院毕业，同样回到了鹿特丹。再后来，他们就从鹿特丹搬到了多德雷赫特，那里环境幽美，交通便利，房租也更便宜。

他们每天搭乘火车去鹿特丹上班，大约需要十五分钟车程。荷兰人起初在一家药房工作（他曾偷偷考取药剂师资格证），后来又去城市大学附近的一家美术用品商店做兼职，同时和别人合租了一个画室（他只拥有其中很小的单元）。盛东也换过一次工作，他需要经常出差。今年春天，他终于拿到了驾照，开始开车上下班，时间凑巧的话就随时捎上荷兰人。这就是盛东现在的生活。

天色已暗，我们回到那栋木头房子。我百无聊赖却又十分好奇地查看了一遍厨房，打开不同的抽屉、柜子，再一一合上，烤箱、洗碗机、分门别类的刀具、碗盘、玻璃杯。厨房吧台的对面是会客间，两个灰色的沙发，一大一小，破旧而柔软；窗边是一张低矮的茶几，同沙发共同围成一个小小的安乐窝。盛东一进门就立刻歪倒在大沙发上，再不愿动弹。荷兰人则迫不及待地上楼去冲澡，他光着脚丫，把木质楼梯踩得砰砰响。我选了三个小号玻璃杯，冲洗干净，拿到会客间的茶几上，然后坐在盛东对面。茶几斜上方的窗户半开着，底下就是潺潺溪水。

我坐在那里，准备开启一瓶柠檬乳酪蛋糕口味的利口酒。楼上传来荷兰人的喊声，他在抱怨浴室的花洒不出水。盛东大声朝着楼梯的方向说了些什么，最终还是不情愿地离开沙发上楼了。我和盛东相视而笑。盛东一边上楼，一边继续对荷兰人大声说："生活对你真残酷！"

大约一刻钟后，三个人齐聚会客间。我们开始分享那瓶酒。"干杯！"当三只玻璃杯碰撞在一起，我们只能这么说，一再地说。

荷兰人不知从哪里变出一本顾客留言簿。他兴致勃勃地翻阅起来，不时地停下来，开始朗读。他的确是在朗读，以一种缓慢的速度，仿佛在读一则则故事。他之所以读得缓慢，也因为本子上尽是些不同的语言：英语、荷兰语、德语、意大利语、西班牙语，或者是他完全看不出所以然的语言。尽管如此，我能听出哪些留言是有趣的，哪些无聊透顶，哪些又匪夷所思——从他的语调就可以判断。

夜渐深了，溪水的声音愈发清晰。它们在流淌，永无止境地流淌。我用手机播放音乐，音量调到最小。荷兰人突然说："是古典音乐吗？"我点点头："B开头——"然后他答题般抢着说："勃拉姆斯！"盛东好奇地问道："你什么时候开始听古典音乐了？"我摇摇头，不知该怎么回答。荷兰人举起酒杯："让我们为此刻干杯。"

我要来那个留言簿，翻到最新的空白页面。我写下今天的日期，我想写："今夜，今夜就会成为那难忘的一夜，就在今夜。"但我什么也没写。茶几上那瓶酒已经见底，空气在微弱得几乎听不见的音乐声中开始变形。"我们上楼睡觉吧。"盛东说。我点点头，合上了留言簿。

山羊之夜

一共两间卧室。盛东跟荷兰人同住一间，我住另一间。我们在走廊里互道晚安。

我很困，腿脚轻飘飘的。我在脑海中拼凑着与荷兰人有关的一切。他年轻，身体散发着青春的气味，像某种动物——一只红色的狐狸，不，不是狐狸，或许是山羊，温顺却充满棱角。夜很静，唯有这栋房子脚下的溪水，它们发出越来越规则的动态声响，那是水流在冲击着某个顽固的石块。

我知道自己身在何处。亿万年前，这里曾是一片汪洋；后来，鱼类演化出腿脚；再后来，这里有了煤炭、化石、山峦、森林、城堡、人类。盛东，荷兰人，还有我。我想变成另外一个人。

我突然变得分外清醒。我躺在黑暗中，为这突如其来的失眠而苦恼。也许我该打开灯读一会儿书，或者在纸上写点什么。我可以去楼下找到那个留言簿，写下我不想睡觉的原因，写下我想对荷兰人和盛东说的话，说我是多么愿意和他们待着，直到天亮。我们会聊起各自平凡却难忘的经历；我们会找到我们的共同点，以及不同点；我们会得出结论，一些无关紧要的结论，比如说：我们注定会相遇，我们注定一同坐在这里，此时此刻，此情此景，只不过是时间早晚的问题。

我于是真的起身开灯，拧开房门。走廊的灯是开着的，洗手间就在对面。上完洗手间，我决定悄悄下楼去拿留言簿。有点凉，但不算冷。我只穿了一条短裤，赤脚沿着转角处的木头楼梯向下走。

在楼梯上，我看到一个黑影和沙发融为一体。

"谁在那儿？"我还是小声问了一句。

"哦，是我。"荷兰人说。

我来到会客间。"我拿个东西。"我自言自语，目光掠过茶几。借由二楼走廊的微弱光线，我能看到留言簿就放在空的酒瓶旁。

荷兰人却怪异地沉默着。

我拿起留言簿，然后转向荷兰人。他用一只手臂遮住脸颊，仿佛在遮挡光线。他的双脚踩在沙发边缘，双膝蜷起，遮挡住自己的身体。他其实是苍白和羸弱的，远没有我印象中那么健壮。

"你没事吧？"我轻声问道。

荷兰人"嗯"了一声。

我突然把留言簿丢在脚旁的地毯上，然后用自己的双手夺过荷兰人遮在脸颊上的那只手。我看到他颧骨的部位泛着亮光，而他抬眼看我，嘴角上扬。

我迅速说了一句晚安，离开了。当我回到楼上，再次钻入被窝，我才记起，留言簿还躺在会客间的地毯上。

　　我知道，我们很快就会离开这里。隔日，荷兰人会坐火车到鹿特丹的美术用品商店上班。也许盛东和我也会去鹿特丹，盛东会带着我在马斯河岸边走来走去，并且指着那些建筑，为我讲解一座城市的历史。也许，盛东还会再为我讲述一遍荷兰人的身世，他如何在这个国度长大，又是如何注定同盛东相遇。

吉诺佩第

后来我时常跟朋友们讲起西雅图那家印度餐厅的故事。我跟不同的朋友讲起那个故事，那甚至都不算是一个故事，但每次我仍会兴致勃勃地把它讲完，不管到了最后我的朋友们会变得多么不耐烦。当我还没有正式开始讲述，当我只是说我将要讲一个关于西雅图一家印度餐厅的故事的时候，他们就开始问我不同的问题了。比如菲尼克斯就会惊讶地说："天啊，你怎么会去一家美国的印度餐厅吃饭？"冰冰姐则非常礼貌地说道："真的吗？听起来很有意思。印度菜是什么样子的？印度菜好吃吗？"而"黑辫子"只会看着我，她不爱说话，但她喜欢听我讲故事。她点了一根烟，就好像在跟自己打赌，看我能不能用一根烟的时间讲完这个故事。事实上，那个故事真的很短。自然是那次旅行——那是我第一次也是迄今为止唯一的一次美国之行——我和一个男人在西雅图度过了圣诞节。那正是圣诞节当天晚上，我们在白天游览了华盛顿大学的湖光山色，傍晚时分便乘车回到旅馆。天气很冷，我们都冻坏了。我们洗了热水澡，然后裹着浴巾喝了些自来水管里的水。他一直在房间里走来走去，不知忙些什么。墙壁上满是面容模糊、衣着清凉的女郎，连洗手间的门后都是。他说他一点都不喜欢这些身体，我说我也是。我坐在堆着四个白色大枕头的双人床上，查看相机里白天拍的照片，而他依然在房间里走来走去。我们一点也不着急，只想舒舒服服地待在房间里。但后来我们真的饿了，只好穿上衣服再次走出旅馆。那家印度餐厅就在旅馆门前马路的正对面，它的招牌上亮着黄色和橘红色的灯管，远远地透过窗子可以看到里面的客人。我们绕了两三个街区也没有发现第二家营业的餐厅，最终又回到原地，走进了印度餐厅。

大约五年前，一名叫爱德森的爱尔兰画家在都柏林的郊外买下一栋房子。那时爱德森三十岁，他还没有结婚。但是房价每个月都在疯涨，他觉得不能再等了，他想要开启一段新的生活。他找遍几乎所有的银行，告诉他们，他是如何才华横溢，前途无量。他终于说服一家银行为他贷款，他足足贷到三十六点五万欧元，然后买下了那栋房子。他不再需要那间位于都柏林市中心的合租画室了，他把从前的画作一件件搬上他那辆虽然破旧但被涂得花里胡哨的小卡车，然后将它们一股脑堆放在新房的储物仓内。他花掉三个月的时间去布置自己的新画室，他为自己感到骄傲。他自然也搬离了父母的房子，他们已经在一起生活了整整三十年，父母对他不再赖在家里的举动大加赞赏。在都柏林的郊外，他终于可以无拘无束地带着女孩们回家了，一个又一个女孩坐在他的小卡车的副驾驶座位上，那些与其说仰慕他的才华，不如说更为他的身体着迷的女孩，一个又一个。

你是否俯视过雪山、冰川，以及银白色的沙漠？你可知那是怎样一种难以想象的广袤？当你看着如此荒芜的大地，荒无人烟，一望无际，除了惊叹，你甚至会有点害怕。一切都是深深浅浅的白色，但你仍分不清这是白天还是晚上，因为它的色调太单一了，你永远也看不到太阳。这不太像是人类居住的星球，但你知道你并没有逃离地球。你左边的座位没有人，隔了一个座位的女士把她的大衣放在上面。你的右后方是飞机的窗子，身后的男人不知什么时候推开了遮光板，虽然飞行途中遮光板一度被要求拉下，但有些人还是忍不住好奇，想要看看外面的世界。于是我看到了雪山、冰川，以及银白色的沙漠，没有城市，没有房屋，没有一丝人类的气息，甚至没有任何动物，连植物也没有。这些突如其来的景色让我有点绝望——上一次看窗外还是在飞机刚刚起飞的时刻，我看着城市一点点变小，看着海岸线一点点显露出来——如今这苍茫的白色越发提醒自己：我已经真的离开了，并且越走越远。

在圣诞节那天晚上，我们别无选择地走进这家印度餐厅。餐厅同侧还有一家鸡尾酒吧、一家爵士音乐酒吧和一家摇滚演出酒吧。几天前的傍晚，我们抵达西雅图，这是我们冬日旅程的最后一站。两个人从机场乘坐城市快轨来到市中心，然后顺着二号大街步行寻找预订的"西雅图城市旅馆"。当凛冽的小风吹进我们的领口，我和他同时打了一个寒战。他问我："你后悔来到西雅图吗？"我摇了摇头。我们各自背着背包，他还帮我拖一个深蓝色的小行李箱。在经过一家摇滚演出酒吧、一家爵士音乐酒吧和一家鸡尾酒吧之后，两个人停在了一家印度餐厅前，然后就看到了马路对面等待我们的"西雅图城市旅馆"。如今，这是我们在西雅图停留的最后一晚，我们第一次也是唯一一次走进了这家印度餐厅。"黑辫子"突然对我说："迄今为止，你第一次也是唯一一次去过的地方应该有很多吧，能不能直接告诉我，那家印度餐厅的特别之处到底是什么？"这时，她已经抽完了第一支烟，若无其事地点燃了第二支。我因为她的这句话愣住了。看着她的黑色大辫子、黑色针织衫，还有她手中燃着的另一支烟，我有几秒钟都没有说话。本来我想说，在离开致命的加州之后，我便开始记得每一个细节，但我实际上说的是："也许并没有特别之处，我只是对它记忆犹新。"她无可奈何地对我翻了翻眼睛，继续听我讲。

画家爱德森带不同的女孩回家，那些长发、短发、金发或者棕发的女孩。都柏林和西雅图（以及更多其他的城市）一样，也拥有印度餐厅、越南餐厅、泰国餐厅和中国餐厅。他和他的女孩吃着从都柏林市中心带回的中国菜。他最喜欢的就是中国菜，他总是把自己那份吃得干干净净，而女孩通常只会吃一小半，然后把余下的部分仍奉献给她的男人、她的画家。其后男人便开始对着那些女孩画画，几乎全是黑色调搭配深红色调的油画，画中的女体永远拥有丰满挺拔的乳房、流畅的腹部，以及性感的肚脐。他画了一幅又一幅，而女孩子换了一个又一个。直到有一天，他突然因为厌倦了而想要安定下来的时候，他开始向女孩中的一个求婚。他成功了，他娶了一个笃信他的才华多于热爱他的身体的女孩为妻。他的妻子信仰着他，虽然他们的生活并没有因此变得更好。

　　飞机从美国西海岸出发，一路驶向西北方向，它将沿着接近北极圈的纬度继续西行，穿过白令海峡，再渐渐南下，最终降落在四季分明的大陆东岸。你记不得那是十二个小时的行程中的第几个小时，你只知道遮光板又被打开了，你忍不住再次转过头向外看。飞机的窗口被分成上下对等的两个部分，上半部分是纯净发亮的宝蓝色，下半部分是淡红色，中间部分则拥有细长的深蓝和紫色过渡。它们是这样美，这样纯洁。我对大自然的色彩总有种情深意切的迷恋，色彩学，光谱，颜色的变迁，这令我想到歌德和朱天文，我知道他们也迷恋这个，而他们的迷恋进一步加深了我的迷恋。宝蓝、深蓝、紫色、淡红……我望着它们出神，突然不知为了什么而激动起来，甚至有种冲动，却不知这种冲动究竟是什么。良辰美景可叹，我想起一首歌谣中讲述一个小女孩去看海的故事：当我第一次看到大海，我可能会马上死去。这种无常的念头，让我觉得一辈子见到几次这样纯粹的天空，便可满足，便无遗憾。

我们走进印度餐厅时已将近九点，大厅靠中间的拼桌围坐了五六个用广东话谈笑风生的年轻人（他们也住在对面的旅馆），再往里则多是印度人模样的散客。我们在入口右侧窗前的位置坐下，那几乎是仅存的空位。大门无法关紧，偶尔有冷风灌进来。服务生是个胖乎乎的、约莫十二三岁的印度男孩。他一边手持菜单朝我们走来，一边回头看向厨房的方向，清脆响亮地回答道："好的，爸爸。"一份浓汤，一份咖喱羊肉饭，以及一份杧果冰激凌甜点。然后是等待。我和我对面的男人就那样坐着，几乎没有什么话题。油烟和香气从厨房一直蔓延到厅堂，我因为空气中的香辣，忍不住轻微咳嗽了几下，但他没有。每当我抬眼看他的脸，总会同时看到墙壁上那幅镶了框的宗教画——草地、树木，还有羊。

男孩在半小时后端来了主菜：浓汤是南瓜黄的色调，里面掺杂着碎碎的豆子；咖喱羊肉也是金黄色调，盛放在古朴的浅黄色铝制小钵里，汤汁浓稠，还微微沸腾着；另有一个银白色铝制船形器皿盛着米饭。菲尼克斯在这个时候就会带着嘲笑的语气问我好吃吗，他的意思像是在说，印度菜就是这个样子，你们有食欲吗，反正我一向对印度菜没有食欲。而我没有办法反驳他，我只能说，它的味道还是很浓郁的，不失为一种异国风情。我和对面的男人分食了这份异国风情。他说他想吃越南菜、泰国菜，还有中国菜。我说，耐心等待吧，明天想吃什么都可以，但今晚只有眼前的这些。我们都知道，明天起，我和他将飞往不同的方向，我们再也不可能同坐在一个餐厅里吃饭了。但这根本不是问题，这不是重要的事情。大约十点钟，男孩端来了用玻璃杯盛放的杧果冰激凌球，依然是金黄的色泽。这时我们请他拿些纸巾来。男孩问："需要几张呢？"他说："够两个人用就好。"男孩把一只手放在脑袋后面："那……我拿四张好了。"随后，他真的拿了四张纸巾过来。我和对面的男人相视而笑。

在爱德森三十三岁这一年，他和妻子迎来了新一轮全球性经济危机。他的妻子失业了，他们的家庭生活变得更为窘迫。画室堆满了爱德森的油画，但那些画又陆续被转移到储物仓。他不再画油画了，只承接一些杂志插画的工作谋求生计，而所有的钱几乎都用于偿还贷款。他们日益焦虑，但妻子从未放弃任何机会。她从未停止帮他寻求伯乐。她把所有的油画画作拍照、分类，做成电子相册，投递给画廊、广告公司、杂志社、出版商……然而，半年过去了，仅有一家装饰公司跟她联系，他们愿意买下那些黑红色调的"女郎画"，但前提是一次性买断。妻子反复思量，最终私下以她丈夫授权代理人的名义同装饰公司签了合同，进而拿到一笔钱，缓解了经济的紧张。爱德森知道真相后非常生气，他不能忍受自己的画作被卖给装饰公司，因为他觉得那是艺术，他相信有一天那些作品将使他声名远扬。他的妻子其实也相信这一点，但遗憾的是，现实一直不给她看到希望的机会。他骂她："你这个小偷！"她想到自己为他所做的一切，想着那些牺牲和付出，感到既失望又愤怒，不留情面地回应他："你这个'天才'，你的画连一次在画廊展出的机会都没有过！"他受到了伤害，进一步的伤害，互相伤害，人们总是善于互相伤害。他们的关系日益恶化。又过了一年，她终于找到一份新的工作，便搬离了那栋房子。

　　有人说，乘坐飞机最好选择过道的位置，一来逃生方便，二来上厕所也方便。我对此很不以为然，只爱坐在角落的位置，那样我会觉得比较平静、安逸和安全。因此，我的往返旅程早早就预选了靠窗的座位。更幸运的是，在返程中，我的邻座还是空的。左边的座位上搭着一件深色的女式大衣，这让我能够尽情想想心事，尽情地过滤一下心底的不舍，不必担心旁人读出任何端倪。说起不舍，你在出发之时是万万不会想到的。"不舍"从来不在你的日程里，你根本没有打算也没有考虑过"不舍"这件事。有的只是新鲜，无以名状的激情。我还记得飞机要在洛杉矶降落时正值黄昏，我看到地平线上方深红似血的晚霞，它们狭长，没有边际，再后来是璀璨的霓虹，它们闪烁着。城市很大，又很小，而我脑海中只是一再浮现四个字：天使之城。而今的返程，我仍需要些色彩。是的，一些色彩就能满足我：亮蓝、深蓝、紫色、淡红。色彩切切穿透我，穿透心房，心上伤痕累累。

　　餐厅真正收工已经十点多了，我看到两三个印度伙计陆陆续续走出店门，又过了几分钟，我们也离开了。老板说谢谢光临，他和他的男孩依然留在餐厅里。"黑辫子"的第二支烟刚刚燃尽，此时的她盘腿坐在她家客厅的沙发上，看着坐在对面餐桌旁的我，掐灭了烟，然后轻声问道："讲完了？这就是印度餐厅的故事？""没错，"我回答，"这就是故事的全部。"她显然有点失望："难道就没有什么意外的事情发生吗？""确实没有了，"我说，"这个故事的全部内容，就是一家圣诞节照常营业的餐厅，那三道金黄色泽、绵绵软软的印度菜，还有店老板那个可爱的孩子。""黑辫子"点点头，又对我说："或许你应该讲讲在进那家餐厅之前发生的故事，我知道那才是你真正想说的。"我像是被看穿般支吾起来："我……""黑辫子"所提到的，是我这次旅行的前半部分，我总是不愿回想——每当想起它们的时候，我的脑海中就会出现雪山、冰川，以及银白色的沙漠，我觉得自己悬浮在空中，分不清昼夜，四下什么都没有，没有人，没有植物，只有大地在不断地延展，这一切让我觉得紧迫而孤单。然后，我会意识到，我真的已经离开了，离开了那座城市，离开了那个国家。

有一阵子，一家赫赫有名的互联网公司推出了图片识别搜索的新功能，而正是利用这项功能，爱德森在一家网站上无意中看到了自己的油画。他看到那家装饰公司已经把他的作品批量复制生产，并且打着爱尔兰低调艺术家的噱头销往美国。这个消息真是让爱德森又怒又喜：怒的是，他的作品的复制权被一次性卖掉，他却得不到更多报酬；喜的则是"低调"二字，他那虚幻的低调艺术家头衔。起初他找来一位律师朋友，本想状告那家公司，好为自己争得更多经济利益，但是律师说，当初他的妻子代他签订了复制权买断协议，如果他想证明这个协议无效，只能先告他妻子造假代理。就在爱德森犹疑不定的时候，这位律师朋友为他出了一个更好的主意。律师把爱德森介绍给一家画家经纪公司，经纪公司真的签下了爱德森，并且精心策划了一次"事件"。他们首先把爱德森包装成一个低调艺术家：虽然这名艺术家在都柏林郊区有栋房子，但是他穷困潦倒，有不幸的遭遇，不仅妻子离他而去，还遭到装饰公司侵权。然后，律师帮助爱德森状告装饰公司，结果自然是不了了之的，事情的来龙去脉却通过经纪公司的操作，被美国的一家媒体报道出来。这样一来，爱德森作为一位欧洲艺术家，名声在美国传播开来。

他从前一直无法卖出的那些作品，现在得以迅速开打销路。

伴随着轰鸣之响和轻微震颤，飞机降落在北京首都国际机场。夕阳仍在，色彩犹存，但温度极低，一切更加真实和残酷。我庆幸自己已经离开了那些迄今为止第一次也是唯一一次去的地方，我庆幸自己回到了熟悉的、来过一次又一次的地方。在我看来，越是熟悉的地方，越不需要记忆。我开始见不同的朋友，喜欢讲一些不相干的事情，比如爱尔兰画家如何在美国打开销路的故事，比如西雅图圣诞节那天的印度餐厅。我讲述这些的时候，总是感到非常安全。菲尼克斯说，你的旅行真是太奇怪了，但或许这就是你。冰冰姐说，你可以把印度餐厅的故事写下来，当然，你要说说那个餐厅的菜如何如何好吃，西雅图又是如何如何美丽，我可以把你的文章放在我们旅行社的会员杂志上。"黑辫子"则不知从什么地方拿出一小包树叶，它们装在一个透明塑料袋里，她说，我们也做一件迄今为止第一次做的事情吧，也可以是唯一的一次。

关于印度餐厅，这并不是一个故事，但是它发生了，并且留在了我的记忆里。那晚我们走出餐厅后并没有马上回到旅馆，而是顺着旅馆拐角的道路继续前行。在经过两个街区之后，地势陡然变低，于是我们又一次来到海边。在灯火璀璨的城市里，我不知道别人是如何度过这个节日的。那些海边带有露台的公寓气派而优雅，我能看到男人和女人的影子，他们闲适地站着，站在露台上，吹着海风，喝着酒。我和他则只是肩并肩走在码头外侧的公路边缘，一度来到没有路灯的甲板上，看海那边远山的暗影，还有水中航船的轮廓。在漆黑的甲板上，我和他拉开了距离。我独自跑到水边的护栏向下看，浪花拍打在甲板底部的木桩和石块上，但我看不到它们的形状。甲板的区域很宽广，它在白天是个停车场，我一边仰头看着满天星斗，一边往回走，却突然间被一处不平整的木头绊了一下，一个趔趄险些跌倒。我真希望自己跌倒，倒在甲板上，扭伤了脚或者蹭破了手掌。我希望黑夜的大海将我席卷而去，或者某个什么水怪从甲板下边破木而出，我真希望我的旅行是这样结束的……他始终没有朝这边走来，大声地对我喊："小心一点！这里太黑了——"

爱德森的经纪公司不断为他制造新闻。最新的一条是：

爱尔兰一名失业在家、欠了银行一屁股烂债的艺术家，对那些镶金嵌银的滥俗装饰手法不屑一顾，而是采用了最简单最直接的"炫富"手法，把面值相当于十四亿欧元的钞票直接打碎糊在了地板和墙壁上。不过，这些糊墙用的钞票，其实都是爱尔兰加入欧元区后已经停止流通的爱尔兰镑，是这名艺术家从爱尔兰国家铸币厂借来的。这位艺术家名叫爱德森，目前已同妻子离婚，独自住在这个世界上最"贵"的房间里。由于墙壁和地板全部用碎钞票铺就，屋内非常暖和，睡觉时甚至连毯子也不用盖。他还表示，最"贵"房间的建造还没有完工，他正准备给房间加上一个厨房。如果欧元区的经济继续恶化，导致欧元也像之前的爱尔兰镑一样，变得一文不名，他也不介意用打碎的欧元来装饰房间。

在"黑辫子"家客厅的餐桌旁，我们开始卷烟。没有卷烟纸，她就把一支普通香烟的烟丝一点点抠出来，再把树叶和烟丝混合着装进去。我们一人一口轮流抽着这支特制香烟。在我抽烟的时候，"黑辫子"调大了音乐的音量，那时我还十分清醒，知道那是一个英国乐队。后来我却死死盯住她家墙壁上的黑白照片，那是一个女歌手的脸部特写，她闭着眼睛，嘴边有一只麦克风。我看到女歌手脸上的明暗开始交替变化。我倚靠在沙发上，把看到的一切讲给"黑辫子"听。她就坐在我的左边，有时好半天才说一句话。当我反应过来，开始说下一句话时，不知道时间又过去了多久。我看到女歌手变成了暗红色调，她的脸变得立体，我自言自语着："3D照片……快看啊，3D的……"我不知道她是不是在看，我也不在乎她是不是在看，我甚至不知道她是否还坐在旁边。我独自疯狂地、沉迷地、充满喜悦地凝视着。

在西雅图的最后一晚，从海边回到旅馆，我开始整理行李。我把前些天买的牛仔裤都卷成卷，压在行李箱底端；我把新买的唱片包好后放在背包里，把不要的旅行小册子一一扔掉……我有点享受这种把一切重新规整一遍的快乐。而他坐着或者靠在那堆白色枕头上，读一份旅馆免费提供的报纸。他的手机躺在地毯上充电，扬声器里飘出婉转的爵士歌声。他为我讲一则报纸新闻，说爱尔兰的一位艺术家在美国也小有名气，别人都用他的作品装饰房子，他自己的家却用钞票装扮。我凑到他的身旁看那张报纸，报上有这位艺术家最新的画作，以及艺术家房间内满墙破碎钞票的拼贴。我们聊着那个爱尔兰艺术家的故事，我把自己想象的关于艺术家的"真相"说给他听。夜晚深到令人恍惚之时，我问他："你还记得我们为什么决定到西雅图来吗？"他没有回答。我们终是入睡了。

在西雅图机场，他拥抱了我，说这次旅行很愉快。我将飞离美国，而他将飞回他温暖的加州，那个遍布棕榈植物的天使之城。在旧金山的时候，我和他都是游客，我们的上一站都是洛杉矶。洛杉矶是我旅行的第一站，却是他工作和生活的地方。当我们在旧金山的酒吧相遇时，他问我下一站去哪里，我说在想好去哪里之前，我大概会一直待在旧金山；他又问我愿不愿跟他一起去西雅图，他说他的意思是，他并没有想好，但如果我想去，他也去。他在夏天去过西雅图，很喜欢那里，但还没见过西雅图冬天的样子……他说了那么多，几乎把随后几日的话题都说尽了。后来我们决定结伴去往西雅图，我愿意随他去看看那座冬季多雨的城市，去看看它的夜晚是否真的"不眠"，去看看嬉皮们是否还在，车库摇滚乐又是如何发祥的。其实我们都改变了原有的计划，改变了各自的行程，这就是我真正想要讲的故事，这就是"黑辫子"跟我分享树叶的真正原因。我依然记得那最后一个清晨。那个清晨，旅馆的房间一如既往，行装都已收好，而我决定为这个房间拍些照片。我拍下墙壁上一张又一张黑红色调的油画，但直到我在飞机上看厌了雪山、冰川，以及银白色的沙漠，看厌了天空里的亮蓝、深蓝、紫色和淡红，我才再度打开相机，一张又一张预览旅途中拍下的照片。我放大那些油画，上上下下、左左右右移动着小小的相机屏幕，我蓦地看到一行手写字迹：爱德森于都柏林。

蜜月

沈剑锋和陈灵从亚洲博物馆走出来时已近黄昏，天还没有全黑，但路灯和市政厅广场的装饰灯都已点亮。雨已经停了，地面湿漉漉的，映照着橘红色和绿色的光影，偶有车辆驶过，呼啸声和轮胎带起雨水的声音交织在一起。

沈剑锋往停车费计时器中投了硬币，然后坐进驾驶室，启动了汽车引擎。这是一辆浅灰色迷你型轿车，来自旧金山湾区的一家租车公司，他们这天早上刚刚办理了出租手续。然而，令沈剑锋后悔不已的是，这个城市高低起伏的山路过分考验车技了。此刻，他坐在驾驶室里等待着他的女人上车，思忖着，无论如何也要先挨过今天再说。陈灵不慌不忙地拉开后座的车门，把随身携带的墨绿色手拎包扔进去，然后砰地关上车门，准备去副驾驶的座位——她发现副驾驶的门无法打开。

"你倒是帮我开下门啊。"车窗外的陈灵提高了声调。

沈剑锋摇下副驾驶座位的车窗，努力保持微笑。他对陈灵说："不要急。"他说话时脑袋总会不由自主地微微前倾，给人一种极其真诚而又严肃认真的错觉。随后，他倾斜身子，用右手去开门，但没有成功。他索性下了车，从车前绕到陈灵身边，用力从外侧拉门把手，深深浅浅地摇晃、反复尝试，可是车门依然紧锁。

"车门坏了，"他不再微笑，改用一种大祸临头的语气说，"你看这里，插钥匙的地方被堵上了。"

有那么一小会儿，他们都有点无措。在仔细检查后，他们发现汽车并没有其他损伤，车内也一切完好。他们决定不去报警，这场蜜月旅行已经够劳神费心的了。陈灵坐进汽车的后座，而沈剑锋回到驾驶室。他给租车公司打电话，无人接听。

"明天再说吧，"这回换陈灵来安慰沈剑锋，"没什么大不了的。"

"嗯，没事。"沈剑锋应声道，"我们现在去哪里？按原计划继续行动？"

"嗯，我们走吧。"

这是一个十二月的黄昏，阴云散尽的天空变成淡紫色。在市政厅乳白色建筑的圆形塔尖斜后方，一道亮黄色的线条缓缓滑动，那是一架喷气式飞机。沈剑锋驾驶着这辆浅灰色小轿车，顺着市政厅广场右侧的马路，驶向陌生的街区和山坡。他们的下一个目的地是位于嬉皮区的二手唱片店。

在汽车后座，陈灵脱掉了她的凉鞋。她用细细的嗓子轻声哼唱起一首歌："We don't need no piece of paper from the City Hall……"（"我们不需要市政厅的文件……"）

沈剑锋也跟着她哼了两句——默契，共同记忆，总之，他也想到了这首歌，他们彼此了解这种感觉。他说："如果我们在这个城市生活，那我们就得来市政厅登记领证。"

"我们不需要啊，We don't need no piece of paper from the City Hall……"她又哼起这首歌来，随即立刻停下，"真希望一会儿可以看到乔妮·米切尔的唱片。"

"亲爱的，你能用手机帮我导航一下吗？"

"嗯。"她捧着手机说道，"好像搜不到那家店的名字，它就叫'二手唱片店'吗？"

"我觉得肯定还有其他名字，可是旅行书上只写了'二手唱片店'几个字。"

"我找不到。"

旧金山的地势忽高忽低。一个又一个街区，密集的绿树，稀疏的白色房子；灯光时明时暗，交通信号灯时有时无。偶尔看到有人跑步或者遛狗，但大多数时候一个人也看不到。在一处住宅区的路口，沈剑锋把车停下来，等待交通信号灯。四下无人，大树遮蔽了马路上方的天空。几乎没有路灯，唯有汽车探照灯照亮了前方十字路口的区域。

这时他们听到一个浑厚的声音："你们有二十五美分吗？"

沈剑锋这才看到，在他们的右前方有个高高壮壮的黑人，似乎也在等待过马路。他穿着深色的衣服，几乎隐藏在夜色当中。他并没有在看他们，就好像那句话不过是一时兴起，随便问问。

"他是在跟我们说话吗？"陈灵在后座小声问。

"应该是吧，这里没有别人。"他的声音有点不自然，他在努力保持冷静。

陈灵想到几日前两名华人学生在洛杉矶被劫持枪杀的新闻，那是他们旅程的上一站，他们刚刚到达洛杉矶就听说了这件事情。为此，陈灵曾建议尽量不要租车，但沈剑锋认为，没有车，他简直寸步难行。

　　"不要理他。"陈灵进一步压低了声音，同时下意识地开始穿鞋子。

　　然而，沈剑锋透过挡风玻璃看向那个黑人，轻轻摇头，做出一个无可奈何的拒绝表情。陈灵的心提到了嗓子眼，她不知道沈剑锋为什么要看他，她几乎有点愤怒，她想斥责沈剑锋这种引火上身的举动，但她一句话也没有说。沈剑锋注视着交通信号灯，同时用余光监测黑人的动向。他不能确定刚才的动作和表情是否被看到了，他希望黑人看到他，然后离开。他思忖着，如果那个人靠近的话，他就马上踩油门。

　　可是黑人没有朝他们走来，绿灯已经亮了，他继续前行，穿过马路。他依然没有看他们，但那个浑厚的声音再度响起："别担心，我不抢劫。"话语中夹杂着爽朗的笑声，不知是在嘲笑他们俩，还是自嘲。

　　沈剑锋踩下油门，汽车向前行驶。一个转弯过后，汽车开始朝一个相当陡峭的上坡攀爬。远处能够看到霓虹灯光和些许走动的人影，沈剑锋和陈灵都松了口气。

"你为什么要看他？"陈灵没好气地说。

"别担心，亲爱的，没有那么多坏人。"沈剑锋那种理所当然的诚恳语气，让陈灵瞬间打消了争辩的念头。在陈灵面前，他拥有这种本事——他知道至少有一个人要保持冷静——即便他自己依然惊魂未定，他却能够安慰需要安慰的人。

"好吧。"陈灵一边说，一边从包里取出香烟，点燃了，然后摇下后座的车窗，"手机显示我们已经在嬉皮区了。这个区不大，我们顺着亮处走，应该很快就能找到那家店。"

"我也要一支烟，谢谢。"沈剑锋非常绅士地说道，假装已全然忘记了此前的一幕。

陈灵把自己刚刚点燃的烟递给他，自己又点了一支。陈灵每次都这样，沈剑锋并不喜欢她这一点。当然，他没有不喜欢陈灵，他不喜欢的只是被浸湿的香烟过滤嘴。沈剑锋用力吸了几口，便把烟摁灭在车内的烟灰盒里。路况陌生，他不想太分心。

在连续几截上坡路之后，汽车终于开至一条商铺林立的小街。在这里，城市的面貌再次显露出来。就在陈灵熄灭了烟准备关上窗户的时候，她和沈剑锋同时闻到一阵浓郁刺鼻的味道。

"好香，是雪茄吧？"陈灵叫道，像是发现了什么了不起的东西。

"你怎么知道那不是大麻？"

"是啊，郑姗好像也跟我说过，大麻在这里相当普遍。"

"郑姗啊——我记得那个女人，"他脑中浮现出一幅带有声音的画面，"你们还有联系啊？都是那样的朋友把你带坏了。"

"谁把我带坏了，我是好是坏，你还不清楚吗？好像自己是什么好人一样。"

"从前的事就别再提了。我们现在不都领证了吗？我们会过上一种全新的生活，你说呢？"

不远处，三个年轻男女自在地走在路边。他们歪歪扭扭，大步流星。其中两个女孩推着自行车，另一个是身材高大的长发男孩，他扎着牙买加式的凌乱发辫，衣饰松松垮垮。一群衣食无忧、不顾一切的年轻人。

车辆经过时，氤氲的香气愈发明显，那正是从他们身边飘来的。陈灵把脑袋探出窗外，对着他们喊道："你们好吗，年轻人——"

长发男孩转过头，举起胳膊晃了晃手臂和脑袋。这时沈剑锋突然加速，他飞快地驶过街旁的店铺，陈灵则肆无忌惮地尖叫呼喊。他们从年轻人面前迅速消失。他们甚至来不及想，在那三个年轻人眼中，他们究竟是怎样的人，有着怎样的职业，又要去往何方。沈剑锋专注地开着车，仿佛突然觉得一切都不重要了。他也年轻过，他现在依然年轻，他们此刻的一举一动，正是两个货真价实的年轻人才有的所作所为。

沈剑锋就是在这时错过那家二手唱片店的。他当时有一种疯狂的念头，只想急速行驶。陈灵抱住副驾驶的靠背，大声喊着："沈剑锋——你这个疯子——啊——哈哈……"叫喊归叫喊，她在心底是信赖他的。她什么都不怕，他们已经太久没有做过什么疯狂的事情了。她和他已经认识了这么多年，在遥远又不十分遥远的二十出头的年纪里，他们也曾无所事事，整日聚会喝酒，末日般狂欢。她从来没有想过他们会结婚。

后来车子停在一处看得见市中心璀璨灯火的三岔路口，那里地势依然很高，透过环形地势的豁口眺望远处，整个城市好像身处一个峡谷当中。

"我们下车看看夜景吧。"沈剑锋建议，边说边打开车门，并未熄灭引擎。

他们站在人行道上，看着远处的灯火，同这个城市保持着安全的距离。凉爽的风吹拂在脸上，他们紧握对方的双手。

"好美啊。"陈灵说。

"我在想，如果我们不来这里，这里也会是这样，只是我们不会看到，不会身处其中，不会与它们发生某种联系。"沈剑锋若有所思地慢慢说道。

"你说得很有道理。我怎么觉得你变年轻了？"

"嗯，我也有这种感觉。"说着，沈剑锋抱紧了陈灵。他贴了贴她的额头，他能够把握眼前的这个女人。他脑海中也掠过其他女人的脸，但他庆幸自己终将拥有的是这个女人。

"刚才你开得太快了，有点危险，以后不要这样了。"

"嗯，可是谁也预测不了会发生什么。我们怎么知道这辆车不会被盗，被劫持，谁也不知道下一秒会发生什么。"

"所以你忘记了，我们还没有找到二手唱片店。"

"哈哈，是的。我们现在就去吧。不过要不要先去一趟便利店，你饿吗？"

"不饿，但我渴了，我们去买点喝的吧。"

他们上了车，顺着一条没有走过的路，往地势较低处开去。他们走了一段黑暗的下坡路，途经一座又一座民宅，每栋房子正门前的地面几乎都放着刚被投放不久的节日广告册。后来，他们突然出现在十八街的十字路口。

陈灵透过后座的车窗，看到路对面一家餐厅上方的巨大广告牌，那是一则手机广告。广告牌斜对面的路口处是一家健身房，健身房的旁边则是一家有红色霓虹灯招牌的体育用品商店，商店的名字叫"大肌肉"。这里有种奇特的气味，或许是肌肉的气味，有一种令人措手不及的繁华。

她说："这里看起来很不错啊，只不过好像已经不是嬉皮区了。"

"没关系，我们先买喝的吧。买好了，我们再原路回嬉皮区。"

他们驶过十字路口，正式驶入卡斯楚区的十八街。这是彩旗飘飘的街区，服饰店、餐馆、酒吧令人应接不暇。在一家便利店门前，沈剑锋停下来："你去买饮料吧，我就不下车了。"

"好。"陈灵从墨绿色手拎包中取了零钱，然后下车，走进店内。

店里很安静，只有她一个客人。老板是个墨西哥中年男人，他一动不动地坐在柜台后面，几乎要睡着了。她径直走到冰柜前，静静站在那里有一分钟之久，就像是在思考什么与饮料无关的事情。最终，她打开冰柜的玻璃门，拿出一瓶咖啡和一罐香蕉汁。结账的时候，墨西哥男人自动"苏醒"过来，一边收钱，一边饶有兴趣地问道："你是日本人还是韩国人？"

"中国人。"陈灵回答。

出乎她意料的是，男人用中文说了声"谢谢"，然后把零钱递给她，随后又说道："恭——喜——发——财——"

"谢谢，你也是。"

与此同时，一个大眼睛的亚洲年轻男孩独自站在便利店门外的马路边。他皮肤白皙，斜挎一个长方形的皮包。他透过挡风玻璃朝车内看去，沈剑锋也看到了他，看到他好看的眼睛。男孩似乎在等待沈剑锋邀请他上车，但沈剑锋只笑了笑便低下头，他知道男孩一会儿就会看到陈灵。

男孩抬起一只手，用英语问他："你要去酒吧吗？"

"嗯？不。"沈剑锋再次抬起眼，摇了摇头。

"你是游客吗？"

"不。"

男孩会意地笑笑，离开了。

这时陈灵从便利店走出来，上了车。她从后座把香蕉汁递给沈剑锋，他马上打开，大口喝起来。"我忘了说——"他故意停顿了一下。"什么？"陈灵一边拧咖啡盖一边问。"我想喝的就是这个。"沈剑锋不怀好意地把话说完。陈灵有点得意，因为她的默契得到了他的赞许。

汽车掉头，他们打算再度去往嬉皮区那条主街寻找唱片店。陈灵兴致勃勃地讲述了墨西哥老板对她说"恭喜发财"的事情，但沈剑锋没有讲车外那名亚洲男孩的事情。

在十八街尽头的十字路口，当他们再次等待交通信号灯的时候，有一个男人从车前的斑马线上缓缓经过。那是一个身材瘦削的白种人，他戴着一顶圣诞老人的红帽子，穿一双深色的靴子——除此之外，别无他物。

他经过车前时将脑袋转向沈剑锋，微微一笑，友善，抑或嘲讽。沈剑锋看不出他的年龄，他显然已经告别了青年时代，却没能成功地到达那种稳重优雅的中年时代，他拥有这样的笑容，一种奇特的、令沈剑锋难以接受的中年时代。沈剑锋先是皱了皱眉头，他在想自己将来有没有可能变成这个样子，但紧接着，他意识到自己应该微笑。

他已经规划好了将来的生活，车外的风景跟他究竟有什么关系呢？一点关系都没有。但是他因为斑马线上的男人而短暂地失了神，他不明白这究竟是怎么一回事。

"你看到了吗？"沈剑锋的微笑迟到了几秒钟，他善意而尴尬地对着男人笑了笑，同时以一种理所当然但又避免侮辱的调侃语气对陈灵说。

"当然。"陈灵说着，忍不住哈哈大笑起来。

毫无预兆地，车外的男人突然收敛了笑容，露出愤怒之色。或许他最终还是认为自己受到了侮辱，因为沈剑锋，因为陈灵，或者是同时因为他们俩。他朝挡风玻璃上啐了一口，然后扬长而去。

在斑马线所通向的马路对面，商店门口三三两两的男人也因此而笑闹起来，甚至有人吹起了口哨。绿灯亮起，沈剑锋别无选择地踩下油门，驶离这卡斯楚区的十字路口。

"这个世界疯了！"陈灵大声说。她的声音里没有一丝不悦，相反地，她好像还在回味此前自己发笑的原因。短暂的冲突，短暂的车厢内的沉默，短暂的一分钟，或许连一分钟也没有，她中断的爽朗笑声终于得以延续。

上坡，转弯，再上坡，他们回到了嬉皮区的主街。这里的人比十八街少太多了，一些店铺也已打烊。于疲惫不堪的时分，他们终于找到了那家二手唱片行。旅行手册上的轻描淡写，现实场景里的迂回曲折。

沈剑锋将车靠在路边，但没有下车，也没有熄灭引擎。他们看到一个戴黑边眼镜的瘦高个正在拉下金属网状的大门。大门上方赫然写着"二手唱片"，果真再没有其他名字了。玻璃窗上张贴着这样的字眼："以音乐唤起你的记忆"。

他们就那样看着唱片行打烊，看着那名伙计一点点收拾妥当。招牌上的灯并没有熄灭，但瘦高个显然已经完成了所有工作。他戴上一副头戴式耳机，跨上了和他一样细瘦的山地自行车，一只脚踩着踏板，另一只脚支撑地面——他注意到车内的人，因此没有马上走开——他把耳机向后摘下，挂在脖子上，微笑着对他们说了声"晚安"，然后又戴上耳机，匆忙地消失在夜色中。

巫术植物

相传此花，笑采酿酒饮，令人笑；舞采酿酒饮，令人舞。

——《本草纲目》

在城市里，在街巷的咖啡店，在艺术和日常生活恰到好处结合在一起的那种氛围里，我对面坐着第一次见面的陌生人——认识了很久却第一次见面的陌生人，以及刚刚认识的陌生人。可以称之为朋友吗？也许根本不需要任何称谓。我知道，我能说出我的想法，用一种特定的语言。

　　在我看来，这座城市拥有这样的视角。身体和精神都已被分解，一切都可以被展示，被放大，被凝视，被玩味，不再有禁忌，不再有怀疑。也正因如此，一切都值得怀疑。

　　人们始终在寻找着什么。很多东西已经找到了，但是还不够，永远不够。有时候我们不再清楚究竟要寻找什么了。这就是那天的我们。当我躺在公寓的大床上独自醒来的时候，我仿佛俯身飘浮在半空，看着自己沉重的身躯，看着它渐渐变得透明。房间混杂着香水、酒精和草药的气味，床变成静止的河。不知道过了多久，我才清晰地回忆起他们的脸庞。

最初是乔，一个瘦弱的中国男孩，瓜子脸，单眼皮，穿黄色外套，背红色书包。他不久前才过完二十岁生日，留学第三年，艺术哲学专业在读。我们并不陌生，但我们是第一次见面。午后，当我拖着行李箱从火车站来到普瓦索大街公寓门口的时候，他已经在那里等我了。凭借预定邮件的指引，一些奇怪的密码，某个指定盒子内的钥匙，他帮我办好入住手续，顺利打开了公寓的大门。匆忙更换行装后，我们离开了公寓。乔说，别把时间浪费在房间里。

那天下午，阳光和乌云交替，时而风雨时而晴。塞纳河岸边是热闹的周末集市，数不尽的旧书、卡片和各种纪念品。在那些不同名字的桥头，乔用我的手机为我拍了些照片。有一次，他拍完照片说，没想到我长得这么高。他刚说完就后悔了，忙把手机递给我，问我拍得行不行。照片上的我看起来既疲倦又兴奋，也许还有些拘谨，身后的深色云团比现实中河面上空的云更像假的。"拍得很好，"我说，"换我给你拍吧。"但他不好意思地拒绝了。

他继续带着我漫无目的游走。一路上，两个人温和礼让，谁都假装自己没有喜悦或悲伤，也没有特别的盼望。我们和对方想象中一样吗？也许这并不重要。重要的是，卢浮宫的玻璃顶入口处，衣着夸张的男男女女相信自己是风景的一部分。莫里哀剧院门前，十余人组成的乐团忘我地在露天场所演奏古典音乐。乔施展着属于他的体贴和耐心，力所能及地讲解周遭的一切。直到我们顺着门廊走进一座天井式的大花园——这是文化部的花园——沙地上有两行修剪整齐的梧桐树。画着迷宫格子的大理石广场上，玩耍的孩子们拼命奔跑和叫嚷。我们在大风中吃完两个冰激凌，然后又无所事事在铁椅上坐了很久，我似乎才真正放松下来。乔微笑着对我说，旅行就是这样，喜欢怎样就怎样，完全不用紧张。

黄昏前，我们穿过一条马路来到了玛黑区的商业街。比起那些著名景点，乔说他更喜欢这里。服饰店、点心店、文身店、唱片店，陌生的人群和陌生的语言。我买了两组五种颜色的马卡龙，它们被小心翼翼地装在长条形的铁皮盒内，再配上精美的手袋。走出店门，我将其中一份递给乔："送你的礼物。"乔却坚持不肯收。他说他已吃腻了，让我留给下段旅程的朋友。我知道，这自然算不上用心的礼物，没再争辩下去。我们顺着卵石道路继续朝前走，天色渐暗，霓虹灯渐次亮起。我问乔："如果一切都有可能，你今天最希望得到什么？"他想都没想便说："从未发生过的事情。"随后他思考了一下，继续边走边说，"我觉得你可以敞开心扉，在这个城市里，本来就是什么都可能发生的。"

后来我们走进一家书店。"巫术植物"，这是那家书店的名字，多么奇怪的名字。当我们步入店里，空气中正飘荡着冰岛女歌手的流行歌曲《人类行为》。我和乔相视而笑，我知道，我们之间的那种联结又回来了。顺着局促的旋转木梯来到地下一层，空间变得广阔且深邃。角落里陈列着漫画书。我对乔说："我到外面等你。"说完就离开了。

我站在书店门外狭窄的马路对面抽烟，单手拎着我的两袋马卡龙。烟抽到一半，只见乔和一个陌生男人从书店走出来。他们站在原地，聊着，等着。我抽完烟便从马路对面走到他们面前。"这是艾里克，这是弗兰克。"乔分别介绍道。

艾里克看起来四十来岁，中等身材，一双大眼睛略显突兀，半长的黑发，穿皮夹克。他友好地看着我，脑袋向我倾斜过来。后来我才知道，他本打算行那种亲吻脸颊的礼数。我却尴尬地抬起一只手，像是防御，随后演变成握手。我和艾里克握了手。

这时另一个男人出现了。他从书店走出来，身材高大但并不壮硕，穿着毛料西服，手持一把没有打开的长柄伞。艾里克介绍说，这是他的朋友丹尼奥。丹尼奥看起来也是四十来岁，不过他有张娃娃脸，一头浅色短发，小眼睛，嘴唇微微张开，两颗门牙清晰可见。丹尼奥彬彬有礼地伸出一只手，微笑着，分别跟我和乔握手。

乔用法语和他们简短地谈了些什么，然后和我移步一旁，煞有介事地交换意见，仿佛我们正在进行某种交涉或谈判。后来，我们一起进了咖啡店。

在街巷的咖啡店——那也是一家酒馆和餐厅——工作人员忙碌地走来走去。旅行季节的傍晚，店内聚满了客人。喧哗和笑语起起伏伏，餐盘和杯盏交错碰撞。

丹尼奥坐在我的对面。他身后是一面挂有装饰画的暗红色砖墙，一旁的窗户朝外敞开着，我能看见窗外街上的灯火和行人。艾里克坐在丹尼奥的旁边，乔坐在艾里克的对面，四个人围绕着两张局促的小木桌，组成一个正方形，或者是平行四边形。

大部分时间，乔用法语和他们交谈，再翻译成中文讲给我听。当我忍不住加入对话的时候，乔就会改说英语，然后两个法国人也开始说英语。后来我开始和丹尼奥笨拙地谈了起来。一旁的乔和艾里克继续用法语窸窸窣窣，几乎被我忽略。

我已经知道，丹尼奥会唱歌剧，这不稀奇。他从小学习唱歌，长大后成为歌剧演员。会有人给他一个日程表，一切都会提前安排好。工作的时候，他去往不同的城市演唱。休息的时候，他就和朋友一同在巴黎闲逛。这些都不稀奇。稀奇的是，他知道自己属龙。

丹尼奥说，他曾到中国演出，去过北京，还有上海。他曾在上海待过一个月之久，此前还花了半年时间跟老师学习中文。也许是某种文化交流项目，我没搞明白。总之，他说起在上海的经历。在外滩的酒吧，他回忆着，非常缓慢地说，想结识年轻人并不困难。他说他对中国文化感兴趣。他说起孔子，又说起中国的历法和属相，他有点得意地告诉我，他属龙。

眼前的丹尼奥开始吃他的可丽饼，小小的一份，浅色薄饼，折叠一下，表面覆着果酱与糖霜。接着，他开始问我问题。

他说："你在巴黎有什么特别的安排吗？"我回答："明天我会去圣心大教堂，下午坐游船，晚上看一场演出，就在雷克斯大剧院，普瓦索大街。""我知道那个地方，"他说，"是什么样的演出？"我回答："多莉·艾莫丝，一个美国歌手，她一边弹钢琴一边唱歌。"他摇摇头，表示没有听过。他说自己对流行音乐所知甚少。不过，他努力回忆了一番，然后说，有一次在美国，他在一家酒吧见到了麦当娜。他说起这件事时两眼放光，仿佛发现了我们之间某种隐蔽的关联。别人告诉他，那个身材娇小的女人是麦当娜，他当时很吃惊，他当然听过这个名字，但他完全认不出这个女人，哪怕近在眼前。

他说他的世界其实很简单。除了演出，并没有什么特别之处。我问他，他的下一场演出在哪里，他想了一下，说也许是奥地利，他记不清了。会有日程表，会有人把地址给他，一切都会安排好，他只管去唱就可以了。他强调，只是一份工作。

他的可丽饼就要吃完了。我看见他的额头微微浸出汗珠，这才注意到，他的西服外套一直穿在身上。"丹尼奥，你都唱些什么？"我终于问出这个问题。他说："什么都唱，比如舒伯特。"他主动哼唱《冬之旅》第一曲的开头，乔和艾里克将头转了过来。艾里克笑的时候露出鱼尾纹，但他毫不顾忌，那笑容看起来十分真诚，仿佛在说，瞧啊，丹尼奥开始卖弄了。实际上，丹尼奥很快就停了下来。"或许你们听过这个。"他有些腼腆地解释道。我想起舒伯特的另外一部作品，我碰巧知道的，有关舒伯特的一部作品。我脱口而出："你一定也唱《最后四首歌》。"丹尼奥立刻说："没错，我也唱《最后四首歌》，我自己也很喜欢这个作品。"

有那么一会儿，我仿佛看见他扑了粉的样子，他的脸被涂得煞白，他直直地站立在舞台中央，让气息顺畅有力地从身体里迸发出来。无疑就是这样，在另外的时间和地点，我们每个人都做着另外的事情。

艾里克——我不是有意要忽略他的。不得不说，他的外在其实更有魅力。他的眼睛大而深邃，带着一点点疲倦和悲伤。他有那种可以跟陌生人建立联系的本领，一种特殊的能力，一种可能性。在咖啡店里，艾里克就那样背对着窗户，坐在丹尼奥的旁边，坐在我们的对面。他点了一杯浓缩咖啡，小小的一杯，其实他根本没怎么喝。

艾里克的职业是画画，他拥有一间自己的画室。他还拥有一头浓密的黑发，一副有点浪荡的脸孔。也许他曾浪迹天涯，品尝过生活的艰辛。也许他事业有成，一幅画作就能换取可观的收入。他曾用手机给我们展示一幅叫《催眠草》的画作，背景是血色的花朵，主体是一株奇怪的植物。

后来我听见他和乔提到福柯，可能他们在讲一些抽象的东西。乔是那么年轻，那么热情，我羡慕他的样子，他不讲话的样子，以及他讲话的样子。乔点了一杯热巧克力，他还是个孩子。而他对面的艾里克只穿了一件浅色T恤，他一进咖啡店就把皮夹克脱掉了。如果说丹尼奥是中规中矩培养出来的某种绅士，那么艾里克更像是玩世不恭的浪子。

艾里克说，画画的时候，他会把自己想象成一名巫师。他不希望拘泥于任何东西，也不会在意别人的评价，以及目光。他说他就是这样了，本来就和别人不同。有什么东西来了，那么就来了。他说这些话的时候语调平静，仿佛仅仅在阐述自己回首过往的心得。他说，不论发生什么事，我们都不必急着做判断。

我不是有意要忽略艾里克的，只是潜意识中有点害怕。我害怕奇遇，害怕冒险，害怕相信，害怕诱惑。在我看来，艾里克根本就是在强调，让我们在人世间肆意快活吧，不需要任何顾忌。但很显然，艾里克已经将情绪传递给乔，我能感觉到，年轻的乔几乎已被蛊惑。甚至我自己也无法否认某种内心的幻象。有限的语言，不充分的美感，游离在玛黑区的街角。

那天晚上，当我喝下那瓶紫绿色的酒液，我知道，所有的感觉都被放大了。

几个小时前，我们结了各自的账单，一起走出咖啡店。我和乔分别同他们告别。艾里克和丹尼奥，他们留给我成熟、诚恳又带点孩子气的笑容。相当愉快的告别，我已没有更多期待。

乔带我去另一家餐厅吃晚饭。我们坐在门口处仅剩的一张桌前，点了两份一样的鸭腿和白葡萄酒。微凉的风从门口的缝隙轻轻灌入，催促着人们把酒喝下去。我和乔面对面坐着，喝着酒，几乎是热烈昂扬地讲个不停。我们完全没再提及艾里克和丹尼奥，只是无所顾忌地聊着喜欢的唱片，旅行的计划，未来的打算，情感经历。我依然能感觉到我们之间的矜持，我们依然不足以真正了解对方。但是我们已经说了足够多的话题，分别时并不觉得有什么遗憾。

夜晚的街道依然喧闹，我独自走出普瓦索地铁站。地铁站的出口十分隐蔽，从阶梯上来是一座类似马路安全岛一样的小广场。有个驼背的大叔支起一个简单的小摊子，上面摆着为数不多的牛油果、盒装草莓、红色和黑色的树莓。硬纸片上写着水果的价格。

我从口袋里翻出零钱和硬币，买下两个牛油果、一盒草莓和一盒黑色树莓。大叔将它们塞进一个宽大的纸袋，我用一只手臂抱着，另一只手拎着我的马卡龙，打算返回公寓。就在这时，我察觉到一个突然冒出的影子，身材高大，孱弱，身穿毛料西服，手握长柄伞。是丹尼奥，只有他一个人。

我下意识跟他打了招呼，我用法语说"你好"，掩饰不住脸上的惊讶。丹尼奥却异常平静地用英语说："你好吗，弗兰克？"我不知该怎样回答。我听见自己在说一些无意义的句子："我很好，今天过得不错，那你呢？"街灯之下，丹尼奥情绪低落，竟显得十分渺小。他抬起脑袋说："你有时间吗？可以陪我坐一会儿吗？"

我们在街边的铁椅上并肩坐下来，纸袋搁在椅面，伞柄靠着扶手。即便坐着，他依然挺直身子，我能感觉到他在保持优雅，可是在优雅的背后，他还流露出一种怯懦。这让我觉得他是无害的。

我从纸袋中掏出黑莓，将透明盒子打开，递到丹尼奥面前。他拿起一颗，整个放进嘴里，我听见汁水迸出来的声音。他说这是他喜欢的水果。我也吃下一颗，随后问他："你为什么自己在这儿？艾里克哪儿去了？"他回答说："艾里克走了。"接着又补充道，"我和他——今天是第一次见面，可他让我觉得伤心。"

我突然想到了什么，脱口而出："也许艾里克是个巫师，他有自己的事情要做。"丹尼奥莫名其妙地点了点头，转而问我："那你呢，你是什么？"我让他猜猜看。他想都没想便说："你看起来像个运动员，艾里克也这么觉得。"我对他说："很抱歉，没有告诉你更多我的事情，因为我觉得这些并不值得一提，也完全不重要。"丹尼奥同意我的说法，他极力用诚恳的语气让我不必担心，他说他一点也不介意，我的职业并不重要，重要的是，今天我们已经坐在一起，而且讲了所有能讲的话，这就够了。"所以，关于艾里克，"我继续说道，"也许他并没有你想的那么重要，对吗？"他点了点头。

我摸出一根烟，问丹尼奥说："你要吗？"这回他摇了摇头："我必须保护嗓子，但我不介意你抽烟。"我把烟点燃。不远处一直有行人经过，有中年人偶尔转头向我们这里瞥上一眼。烟抽到一半，丹尼奥从怀里拿出一个扁平的小酒瓶，他拧开瓶盖，对我说："要试一下吗？"

街灯之下，瓶中的液体呈现出紫绿色。丹尼奥解释道："这是曼陀罗酒，对嗓子没有坏处。"他喝了一口，继续说道，"我还可以从中获得灵感。"

我不置可否。我想到乔，要是我带着乔一起回来就好了，那样我就可以征询他的意见。可我分明已经听见他对我说："你应该敞开心扉，旅行就是这样。"我想到艾里克，想到他的那双眼睛，想到他画的那株奇怪的植物，想到在书店旋梯口第一眼看见他时他身上穿的黑色皮夹克，我听见他充满蛊惑力又平静地说，我们不必急着做判断。

手中的香烟已燃尽，长长的一截烟蒂留在过滤嘴上。我将脑袋转向丹尼奥，看向他的小眼睛。孩子般的脸，无邪的表情，短发和兔牙。

"你究竟在上海待了多久？"我问道。这个问题其实已经问过了。

"整整一个月。"他回答。

接下来，我无声地夺过他手中那瓶酒，将余下的半瓶紫绿色酒液一饮而尽。

马戏团女孩没有安全网

她住在这个海滨城市，住在和大海尚有一段距离的高层老旧房子里。她的房间对于独居者来说已足够宽敞，床头的墙壁上贴着红色的、蓝色的、黄色的、绿色的和紫色的鱼形贴纸。

　　每个黄昏，她经过繁华的闹市区，经过红男绿女，从办公室默默地回到家中。她搭乘并不拥堵的71路公共汽车，一路临窗而坐，看风景飞逝，总是思绪万千。她常常会有一种转瞬即逝的感觉，那种感觉从她的心口来，她知道会有一个热烈的生命，这生命和她有关，或许就深埋在她身体内部，只是不曾苏醒。

　　她站在自己的床前，看着墙壁上五彩的鱼形贴纸，一边换上休闲轻便的衣服，一边想着晚餐的内容。她喜食海鲜，海鲜在这个城市里取之不尽、用之不竭，她几乎每晚都在住宅区附近的那家烧烤店打发时间。

在烧烤店吃东西时，她右手拿起肉串的竹签，左手则习惯性握住一张纸巾，一张半皱的纸巾。她吃着烤鱿鱼须、烤鱿鱼头、烤秋刀鱼和烤蛤蜊，喝一份玻璃瓶装的碳酸饮料，用以抵挡这个城市偏咸的口味。烧烤店是个拥挤而豪迈的地方，这种店铺在这里俯拾皆是。她之所以总来这一家，一是因为近，二是因为这家店的老板。

女孩注意到烧烤店的老板，他是一个没有棱角的秃顶男人。他有着丘陵地带男人特有的憨厚与实诚，除了点菜、上菜、做烧烤，他不会左右逢源，不会同顾客搭话调侃。人们很难注意到他的存在，但女孩偏偏喜欢观察这种不被注意的人物。她看到男人在店铺门口做着烧烤，他衣着简单，相貌平凡，唯一的优点是身材，人高马大却匀称，已是中年却依然矫健，令人怀疑他做过运动员。日复一日，默默观察，她竟对这个男人开始感到好奇。

女孩在社交平台调侃着写道："我不在家就在烧烤店，不在烧烤店就在去往烧烤店的路上。"

不在烧烤店的时候，她往往是斜靠在松软的抱枕上，打开床头小方桌上的台灯读书。她是一名财经编辑，但她把夜晚的世界留给了小说。读书是她的乐趣所在，然而，书读得越多，在瞬间停下来回想自己做了些什么的时候，她越觉得伤感。有时她读着别人的故事，却仿佛闻到了空气中烧烤店的味道，字符们变成摇摆的小鱼，引诱她去往海水的深处。

　　鱼也会感到渴，渴望之渴。她独自待在房间里。房间是她的阵地，房间是她的海洋。她时常做梦，梦到自己和一只鱼欢快地在一起。

　　那时夏天刚刚到来，有一天，她一如往常，来到烧烤店。那天她只点了一份海鲜炒饭，可是盘子端上来，饭粒表面多了一条细长的烤鱼。"这是什么鱼？"女孩问。"新上市的沙丁鱼。"男人回答。"真的吗？"女孩笑了，"你别骗我。"男人害羞地走开了，回到店铺门外的烧烤台。

　　八点多，瞬时风起，对流雨来袭。男人迅速收摊回到屋内。电闪雷鸣，大滴大滴地落雨，室外泛起白雾，店门口聚来几个躲雨的人。男人搬了小板凳给他们，再回屋，只见女孩已来到门口，急着要向雨里冲。男人喊住她："等雨小了再走。"女孩不听，说："家里没关窗。"男人又说："那我给你找把伞。"

他撑开店里唯一的黑色大伞，递给女孩："快回去吧。"女孩看了看他的眼睛："不用了。"说完就转过身，手臂遮住额头，冲进湿冷的霓虹灯光里去。但她没能走出几米远，便跌倒在拐角的地面上。

最后还是男人把她送回了家。男人背着她，她撑着伞。可是雨太大，伞根本不管用，他们还是都淋湿了。尽管如此，她觉得很温暖。

"你害怕我不？"男人在路上大声问道，接着又自己回答，"完全不用怕。""你结婚了吗？"女孩问。男人摇摇头，发出"哦"的一声，然后实话实说："离了。""真抱歉。"女孩又问，"你一直都开烧烤店吗？"男人回答："说了你也不信，我以前是杂技团的。"女孩说："你真爱开玩笑。"男人说："你是不是看上我了？"女孩说："到了，我乘电梯上楼，你可以走了。"

洗完澡之后，女孩依然能闻到那股烧烤的味道。她知道那是男人身上的味道。她用力吸气，很想再闻一次男人肩头的气味。如果他来到她的房间，她想，他会将她抱起来放在床上。

这念头开始将她占据。整整一周，她都没有去烧烤店。她反反复复思考这件事情，最终做了一个大胆的决定。

当她再次光顾烧烤店，结账的时候，她递给男人一张周末的演出门票。那是位于市中心的剧场，省杂技团在做巡回表演，他们的空中飞人项目不久前获得了一个国际大奖。"到时候你直接进场。"她说。男人接过门票，什么也没说。她和自己打赌，如果他不去，她就搬离这个小区，这样她就不必再去这家烧烤店。几天后，男人真的去了，他到得很早，就坐在属于他自己的座位上，穿一件深色的短袖衬衫。女孩坐在他的旁边，她闻到男人身上有花露水的味道。

他们全程都没怎么讲话。男人似乎异常专注于表演本身，而女孩一直听到其他观众的惊呼和议论。空中飞人是压轴戏。演出者是一男一女，他们先是攀附在两条绸带上，上上下下，吊来吊去，后来就开始飞舞交汇，兜着大大小小的圈子。男人突然说："他们身上没有保险绳，脚底下也没有安全网。"也许他还说了别的，但每当女孩回想起那晚剧院的情景，她就只对这句话记忆犹新。

最终他来到她的房间，将她抱起来放在床上。女孩闭上眼睛，幻象丛生。

女孩上了瘾。她想她爱上了这个人，爱他头顶之外的任何部位，爱他刺刺的胡楂、硬朗的背。甚至，她爱屋及乌地欣赏着他没有棱角的灵魂，硬是渐渐地把没有棱角视为一种天然的优势，认为他可以独为她所有。而且，她带着一种母性之爱、奉献之爱——她希望男人快乐，她希望男人如获珍宝，她希望男人在心里默默地也爱着她——那种异常不舍的柔情蜜意。

男人只是觉得喜从天降。从来没有年轻女孩看上他，鲜有人知道他的好。男人平日里满身的油烟味道，即便洗了澡，也有一股腥味去不掉。他第二次去女孩的住处时，洗澡后照旧喷了些上次从超市买来的花露水。女孩斜身靠在床头，散发着他已然熟悉的淡淡馨香。男人走上前去，温柔地将女孩摊开，然后像一张渔网一般将女孩网住，使她陷在床垫里。

女孩说以后不要喷花露水了，反正那种大海的味道最后总会占据主导地位。他有些不好意思地答应着，却不知女孩其实只为那种味道着迷。

男人发现女孩的书柜前摆放着几块没有吃完的巧克力，于是专程去超市的进口商品柜台买下各种各样的巧克力。他把它们藏在烧烤店前台的抽屉里，待到女孩再约他时便带去。女孩说："你给我买这些做什么？"他憨笑着不回答。女孩让他以后不要带巧克力，他口上答应着，却还是每次都带不一样的巧克力来，各种形状、花色、口味，也不知是哪个国家出产的。

这个丘陵地带的港口城市，民风固然淳朴，但更是一个开放的城市。巨大的货船在海面上来来往往，它们在清晨总是发出悠长的汽笛声。她当初就是被这汽笛声吸引，才来到这座城市。她从小就向往大海，她忘不了中学时代学会的一首歌："我爱大海，看那蔚蓝藏着我的未来……"她认定自己要和大海发生千丝万缕的联系，她曾经漂洋过海到异国他乡读书，最后还是选择回到一个临海的城市。

对于这个城市来说，她是个彻头彻脑的外乡人，外乡人总是充满了神秘的气息。她是有一点点书卷气的，男人看得出来，同时对此有种秘密般的欣喜。男人也能够察觉女孩对他的喜欢，他乐在其中。他总是少言寡语，从不敢多问些什么；他总是不敢主动去找女孩，每次只有女孩要他去，他才去；他总是在离开时，才感到若有所失。

那些正方形、长方形、酒瓶、靴子和国王都变作巧克力，女孩每天吃上一颗，把印有伊丽莎白、查理斯、亨利们的画像的巧克力纸张放进书柜里。薄荷味道的巧克力令她觉得胸口凉凉的，这时她就试着给烧烤店的国王发条信息。

男人是本地人。他不知道的是，女孩时常想象这样一个平凡的高大厚实的男人，如何从一个不会说话的孩童长成一个少年，如何奔跑，如何经过海滩，如何总是被潮湿的海风和鱼腥的气味浸染，也许曾经顽劣，无法用心读书，也许尝试做过很多工作。他终于长成了这般模样，他的青春流走了，但又曾留给了谁呢？在这个并不属于她的城市，她以一个旁观者的眼光注视着这里的人。她注视着烧烤店的老板，思维频频游离，她对他一无所知，但她能够感受到他所拥有的某种生命本源般的气息。

女孩的话题渐渐多起来，多是围绕男人的身世和经历。男人知道得很多，他懂得捕鱼的地点，退潮的时机，他叫得上马面鱼、古眼鱼、舌头鱼和凤尾鱼。但他跟她讲得最多的，还是他在杂技学校的经历。他小学毕业就被父母送去那所学校，拜了师父，每天都练功。他必须骑一辆有三个自己那么高的独轮车，没有任何防护措施，只为练习平衡。他从来不善言辞，如果你问起他具体的什么事情，他总是显得一无所知。他会花很长时间去回忆，然后才能将自己的见解表达一二。女孩常常会想，这样的人，在茫茫人海是多么容易被淹没啊，如今被她遇到、了解，看来并不是偶然的。

她在工作时间也开始想念他，想念那种独特的气味。她总是想去见他，常常期盼着公司停电，或者台风来袭，她好不顾一切地去找他，在乱世之中与他相伴相依，直至末日来临。她的频频亮相令烧烤店的伙计们也察觉一二，他们纷纷对自己的老板另眼相看，非常服气。她坚持有所保留地维持着自己神秘而优雅的形象，只在最为隐秘的时刻表现出异于平常的疯狂：她会深深地呼吸，那特有的海风和水草的味道，她坠向深渊，他们忘记天与地、你与我，在宇宙最为遥远的地方，再也不想回来。

极致的欢乐时常伴随着极致的不安和脆弱，快乐是件易碎品。那时正值二人如火如荼的季节，夏末的黄昏里，空气里都洋溢着甜蜜。那天两人本来约好了要见面，男人却突然失约，连个招呼也没有打。

那是夏天即将结束的日子，她以为这大概就是报应。这不是一场真正的恋爱，他们两个人都知道。他们都在一边试探，一边保护自己。她早就预感他们会在某一天突然一刀两断，也许这日子就来到了。她感到自己失去了主动权，决心再不主动找他，就连经过烧烤店也绕道而行。男人本不奢望拥有女孩，亦不敢联系她。

没有人知道他们的关系。至少女孩的同事们是绝不知道的。女孩在这个城市还没有什么朋友，因此，这段关系完全没有见证人，想留个纪念都困难。烧烤店的伙计们大概是知道的，也许这会在他们的小圈子作为一场风流韵事而流传。

但故事并未就此结束。女孩一心想要忘记这件事。她正常上下班、读书、上网。她的社交平台越发抽象，尽是些毫无内容的、抒发情绪的文字。她把没有吃完的巧克力带到公司分给同事们，她心想：这些痕迹一清理，也就不再有什么了。下班她照旧坐在71路公共汽车上，嘴里嚼着巧克力，看着过往的街道和人群。她清楚地知道，她是空寂的，无以填补的。她有时很想哭一场或者闹一场，却都无从下手。

下车后，她左手攥着揉成一团的巧克力纸，琢磨着找个机会把它丢掉。她经过红绿灯，经过烧烤店，刻意绕行。就在那段路上，她的心里产生了一个念头，扔巧克力纸的事便抛在脑后了。但她是如此习惯攥着件什么，一点不感到巧克力纸是多余的。直到回到家中，她才意识到这是一件无用之物，急不可待地将它扔进了垃圾篓。

她开始去海鲜市场，每天买一条鳞片闪闪的鲚鱼。湿湿滑滑、腥腥黏黏，它被握在女孩的手中，挣扎挣扎，直到无法动弹。它失水而亡，躯体变成女孩曾经的梦。女孩带着那条鱼，游走在房间的每一个角落，把自己弄得狼狈不堪。

一夜之间，清秋骤至。每个人的皮肤都能够感受到空气里的干燥，而女孩突然决定为某件事做个了断，她再也无法忍受那样的自己了。这天下班后，她一个人跑到海边，在商店买了条深红的棉布大方巾披在肩上吹海风。她只有在清醒的时候才会去看大海，她似乎是猛然间清醒过来的，整个夏天她都觉得昏昏沉沉。她踩着沙滩，吹着海风，直到黑夜降临，月光洒落，海面上如镶嵌了粼粼的亮片，像是无数眨动的银色眼睛。涟漪往复袭来，来去都没有尽头。她注视着远处海天相连的地方，渐渐模糊得分不清界线了。水变成线落下来，打在涌动的浪里，打在沙滩上、人群中。人群散去，她也淋了雨回去。

她却执意从烧烤店门前经过。烧烤店已提前打烊，她本松了一口气，犹疑了片刻，又敲起门来。雨竟越下越大，她不想回家，便越发猛烈地敲着门，发了癫似的要找他。她仿佛受了天大的委屈，难过得直想哭。男人开了门——男人住在店里，他的几个照顾店铺的伙计倒是住在附近的居民楼。女孩湿漉漉的，却不说话，一屁股坐在餐桌边的座椅上。

男人慌了，他从未见过她这样。他不了解她，完全不，一点儿也不。他急切地问东问西：出了什么事？是不是病了？要不要给她做点吃的？男人煮了一盆蛤蜊豆腐汤，坐下来陪女孩一起喝。女孩却不顾喝汤，一把抱住男人，脸贴在男人的胸前。男人熟练地抱起她，女孩抑制不住泪水，哭个不停，仿佛在释放所有的委屈。她在心里却深深明白，这片刻的放肆会转瞬即逝，她很快就要恢复常态了，绝望而乏味的常态。

眼泪是透明的，糊了薄薄的一层在脸颊上，如果它们在这时凝固，就会像一层胶水。男人这下没法沉默了，他使尽浑身解数，左右劝慰，不知怎样才好。他突然想起来些什么，立刻打开收银的抽屉，从最里面拿出一块好长好大的三角柱状巧克力。她却对他说："你以后不要买巧克力给我了。"男人说："那你想要什么？"她说："我什么都不要，以后我们不要再见面了。"男人不再说话，他受了打击，但仍装作一切如常的样子。过了好久，等到她不哭了，他才对她说："你赶紧回家吧，天冷，别冻坏了。"

女孩一连烧了好几天，男人给她打电话，听出她的虚弱，不顾她的反对，硬要去看她。男人敲门进了她家，这令她感到有点尴尬。那一刻，她庆幸自己什么都不曾说过，她不曾对男人说过不恰当的话，不曾说过任何足以令她后悔的话。

男人却忍不住向她坦白了一些他从未讲过的事情。他告诉她，他在市杂技团，和他的搭档结婚，生下一个儿子。杂技团解散的时候，他的妻子还年轻，她去了大城市。孩子留给他，他放在老家养育。他自己开烧烤店，生意很好。他供孩子读书，希望孩子的人生不会像他一样。

女孩问："你为什么现在才告诉我这些？"男人说："因

为你从来都不想知道，不然你早就问了。"女孩没说话，她知道，男人说得没错，她一开始就知道他离过婚，但她只愿意让男人成为她想象的样子。

男人离开她家后，没再找过她。也许当时他很想厘清他们俩的关系，但他什么也没能讲清楚。或许他早就隐隐觉得，这段关系是他人生当中最大的错误，他知道他早晚要回归自己庸常无味的生活。

男人离开后，女孩产生了新一轮的负罪感。她无法原谅自己，也无人诉说，只祈求时间可以将她宽恕。

天气渐渐转凉的时候，她有点能够摆脱那种气味了。来到这座城市已有半年，在经历了这番黑色的炽热的秘密之爱以后，女孩渐渐从最初的独来独往，开始试着改变。她开始尝试去结交一些同龄的朋友。

从她的美编同事那里，她认识了一个活泼好动的女友。女友带着她去海边，带她溜冰，逛书店，看电影，喝咖啡，吃火锅，参加朋友的朋友的家庭聚会……看起来，这未尝不是一种理想的状态，一种她尚不十分习惯却真真切切使她充实的状态。重要的是，这一切令她暂时忘记了烧烤店老板。

就在烧烤店老板即将从她的生活里消散殆尽的时候，女孩又一次梦到了鱼。那天晚上，女孩和女友一同睡在床上，女孩从梦中醒来，摇醒了身旁的人。她们紧紧地抱在一起。女友说："我搬过来住好不好？我想好好地照顾你。"她静默无声，点了点头。

人们总是喜欢去尝试崭新的生活，某种节奏明快、可能性多元的新生活。她无法拒绝，向来不懂拒绝，况且找不到任何可以拒绝的理由。

女友是本地人。费尽口舌跟家人摆事实，讲道理，为了工作更方便，为了培养独立生活的能力，终于被允许搬出来住。

公历新年的假期，女友不得不回家度过几日。而百无聊赖的她，正巧迎来一位儿时的旧友。那个男孩是她高中时代的蓝颜知己，也几乎是她唯一的朋友。当时所有的同学都以为他们在恋爱，他们也完全不去辩解。但只有他们自己知道，那份细致入微的情谊，在两个孩子之间开出了奇异的花朵。他们只是亲密无间的朋友，这个性情孤僻的男孩，只向她吐露心事。

男孩第一次来到这座海滨城市，想要看看冬天的海。女孩为他预订了一家连锁假日公寓。那晚他们彻夜未眠，一直交谈。室内的空调吹出暖暖的风，男孩打开窗户，站在窗边抽烟，女孩则盘腿端坐在公寓的沙发座椅上。她觉得自己似乎很多年不曾讲过这么多话了。她在他的面前是透明的。他们在一起的时候，她永远是那么放松，这同她和女友之间那种喧闹的玩乐是不同的。

男孩向她讲述自己的生活与情感，她向男孩讲述自己在这个城市的一切，不厌其烦，却也不过是这样两三件事。令她感到意外的是，在现实与回忆的追溯中，她居然记起一件自己遗忘已久的往事。那是有关童年的记忆，某种会被我们自动消除的记忆。当你再度想起的时候，你会怀疑它们是否真的发生过。女孩说，她似乎突然明白了为什么自己总是梦到鱼。

当她还是个小女孩的时候，傍晚时分总是和院子里的孩子们一起玩耍。他们经常会看到一个邻居叔叔，那个叔叔对孩子们格外关照，常常买泡泡糖给他们吃。叔叔曾是她父亲的同事，他头顶的头发是稀疏的。叔叔没有妻子，一个人住。大人们不怎么和他来往，也不让自己的小孩同他说话，但是孩子们都很喜欢他，常常在院子里捉迷藏时带上他，当他输了，就罚他买零食。

小学暑假的某个下午，她独自在家里画画，画得厌烦了，又看小人儿书，也看得厌烦了，便出门去楼下的杂货铺买棒棒糖。她又一次遇见那个无所事事的叔叔。叔叔说："小妹妹，到我家来玩，好不好？"她摇摇头："你家有什么好玩的？"叔叔说："我家有金鱼啊，带你去看金鱼，好不好？"她想了想便同意了。她真的想去看金鱼。她曾跟爸爸一起去花鸟市场，看到玻璃缸中游动的各种各样的金鱼，她吵着闹着要买来养，爸爸就是不同意。她对自己说，就去看一会儿，看一会儿就回家，爸爸妈妈不会知道的。况且，她对那个叔叔的印象并不坏。

叔叔家真的有金鱼。长方形的大玻璃缸，通了电的发动机嗡嗡震颤，彩色的小圆盘在水底转个不停，还吐着泡泡。而那些金鱼，红色的、黑色的、红白相间的，自在地游来游去。她兴奋地站在鱼缸前，入神地看着，看得都不想走了。突然，她发现有一只黑色的小鱼游得很吃力，一转眼的工夫，居然控制不了地翻过身来，肚皮朝上漂浮在水面了。

她急得要哭了。叔叔安慰着她，说有办法可以救活它。

叔叔伸手拎出那条小鱼。叔叔说："只有你才能救活它。"叔叔抱起她，把她放在自己的腿上，然后和她一道坐在沙发上。叔叔抱着她，说："别害怕，一会儿它就活了。"叔叔把下巴靠在她的脖颈上，她感觉很不舒服，就要哭出声来。叔叔终于放开了她，放她回家了。临走时，叔叔说："你下次来的时候，它就会活了。"她大叫："你骗人！"

后来叔叔搬走了，她再也没有见过他。她没有跟任何人讲过这件事。她渐渐长大，渐渐有意无意地忘记了这件事。

新年的第一天，女孩和男孩一起去看海。沙滩上人迹稀少，而阳光刺目，照耀着两个小小的身影。那条深红色方巾显得格外明亮，它被折叠成乱七八糟的形状，缠绕在她身上，在风中微微飘扬。这是多么温暖而平和的新年，他们沿着海岸线，沿着木栈道，一直走下去。她愿意就这样一直走下去。

她决意去过一种平静的生活，同她的女友一道。她没有想到的是，女友在假日结束回来后，与她发生了争执。她渐渐发觉，女友并不十分信任她。但她依然和女友一起度过了整个冬天，只不过，某种白色污染物一样的隔膜横亘在她们之间，再难降解。

　　时光不语，春天再次来到，她们终于无法忍受过于频繁的争吵。女友总是觉得她不够坦诚，而她永远不愿分享自己全部的内心。有一天，她们再次因日常琐事而争吵，争吵的时候，女友撕掉了墙壁上所有的鱼形贴纸。这举动令她变得绝情，她断然决定离开。她们分开了。她甚至换了工作搬了家。她去了书店工作，搬到了创意园一带。她执意又给新家买来各种颜色的鱼形贴纸，形状比从前的要小，数量却是从前的许多倍。

　　在这崭新的家，她站在自己的床前，看着墙壁上五彩的鱼形贴纸，它们在傍晚时分闪闪发亮，甚至就要游动起来。她痴笑着面对鱼儿，一边换上休闲轻便的衣服，一边想着晚餐的内容。她喜食海鲜，海鲜在这个城市里取之不尽、用之不竭。她迈出住宅区，朝距离最近的一家烧烤店走去。

郊游

初二结束后那个暑假，晓丽最期待的事情有两件：一件是香港回归，另一件是分班后的郊游。

晓丽还记得，迎接香港回归的那个夜晚，她一直和父母坐在电视机前。陶瓷地砖上铺着一张凉席，蓝绿色吊扇在凉席顶端有节奏地旋转。当零点的钟声敲响，旗帜在电视屏幕中徐徐升起，与此同时，在四下异乎寻常的静谧之中，突然爆发出热烈的蝉鸣。听起来仅有一两只蝉而已，可它们发出的声音如此响亮，让人几乎感到不适。

那一刻，晓丽突然激动起来，想给夏强打个电话，但随即意识到这是不可能的。太晚了，而且她知道，夏强的姨妈特别严厉。但她还是任由自己想象了一下他俩通话的情景，她发现自己并没有想好具体要说什么，只是希望同他分享那一刻的激动心情。也许她会告诉他，蝉儿在叫，也许她什么都不必说，只要听听他的声音，知道他此刻也没睡，这就足够了。

大约一分钟后，蝉鸣戛然而止。晓丽从凉席上起身，两只脚依次踩上自己粉红色的凉拖，径直走进洗手间，站在偌大的梳妆镜前。

她知道自己是个早熟的女孩。小学五年级，她就开始发育了，"祸不单行"，同年，她成了近视眼。她摘下那副浅紫色镜框的眼镜，她的眼睛太小，鼻子又略大。她对自己的头发也不太满意，不够顺滑，而且总也留不长。什么时候才会变成漂亮的女生呢？如果一直这样下去的话，她偷偷对自己说，夏强永远也不会真正喜欢上自己。

夏强是班上为数不多的主动和她说话的男生之一。她知道，这并不仅仅因为他是她的同桌。在她眼中，他的确是班上最优秀的男生，不但成绩好，而且懂得尊重每一个人，他理所当然地被任命为班长，过早地担负起某种责任。但他和她说话绝非出于怜悯，而是因为——他们有话聊，这一点她十分确定，她敢说他们已经是朋友了。

如今，香港已顺利回归祖国。接下来，她更期待一周后的郊游。郊游是夏强和丁涛共同发起的，而晓丽邀请了孙静。虽有班长参与，但这并不是一个集体活动。他们放假前就说好了，这不过是私下里朋友间的一场聚会。

　　夏强从没想过自己会变成"城里的孩子"，直到小学五年级那年，他被过继给姨妈，之后便开始在城里生活。

　　夏强有个大他五岁的哥哥，还有个小他三岁的妹妹。他很开心只有他被选中了，他知道，他是他们当中最聪明的一个。他也很喜欢姨妈家里虎头虎脑的小表弟，他们每天一起上学放学，一起吃饭写作业，晚上就脚对脚睡在同一张床上。唯一不那么开心的是，他不得不重读一遍五年级。随后他发现竟然还要读六年级（那时他们乡下是小学五年制），更糟的是，他的小腿常感到说不出的疼痛。在六年级上学期，他陡然长高了十厘米，同时变成了公鸭嗓。

　　有一晚睡觉前，表弟瞥见夏强腋窝下细细的黑毛，便悄悄靠近，伸手想要揪扯。

　　"你完蛋了——"夏强忍住羞愧，用一种奇怪的嗓音叫道。作为反击，他从身后扣住表弟的双臂，开始用手指挠他肋下的痒痒肉，直到他求饶。夏强轻而易举地制伏了表弟，这才发现自己的力气已经这么大了，为此，他颇有几分得意。

这种时候，隔壁总会传来姨妈的喊声："别耍了，赶紧睡觉。"这种时候，表弟就会立刻停止欢笑，然后用那种依然兴奋的眼神看着夏强，仿佛取得最后胜利的人不是表哥，而是他自己。

在学校，长高后的夏强被调到倒数第二排。新同桌是个戴塑料框眼镜的女生，上下课起立的时候，他发现她的个头比他还高。在他看来，她一举一动都很谨慎，出奇地害羞，几乎不怎么说话，也从不主动举手回答问题。

刚来城里读书时，夏强也不怎么说话。一年多来，他一直在小心翼翼地伪装自己。他总是担心自己的口音，所以一有机会就偷偷跟着电视练普通话。后来他渐渐活跃起来，总是在课堂上主动回答问题，老师们都很喜欢他。他懵懵懂懂，像只出头鸟，但他不在乎。他没交什么朋友，因为班里的同学大都看起来非常幼稚，况且他不想被别人问起，他的父母是做什么的。他知道，成绩好才是最重要的。只要成绩好，姨妈就不会问东问西。

到了六年级下学期，他已成功变身为"城里的孩子"。他又长高了一些，身材匀称，脸色苍白，嘴唇上方生出一层浅浅的绒毛，就像画上去的一样。同其他男生一样，他基本不和女生说话。有两个同路的男生，他们喜欢在放学时跟着他走，仿佛这么做可以使他们早点变声并长高。他们主动要求成为夏强的朋友。其中一个孩子说，如果夏强可以带上他们，他们愿意和他结成同盟，永远保护他的弟弟不受欺负。那年春天，男孩们每天放学后便迅速会聚起来，充满自豪感地组成一支队伍，然后一起决定当天的回家路线。他们不是探险般从污水沟上的独木桥抄近道，就是绕远路翻墙溜进某个单位的大院，在乒乓球台上疯狂地玩一种拍画片的游戏。有时他们会遇见其他同学，他们会得意地跟对方打招呼，这让他们觉得，所有人都很羡慕他们。他们从没考虑过，这样的日子也会有结束的一天。甚至只是一个季节的变化，便让有些东西永远离他们而去了。

那年夏天，夏强小学毕业，他再也没见过他的朋友们。七月，他陪表弟一起上暑期课外班，学习素描和静物写生。他短暂地爱上了画画，可他不愿练习线条和明暗，只想描摹女明星的大头像。八月，姨妈把他送回百里外的乡下，让他再陪母亲待一阵子，因为上初中后就不能常常回来了。割麦子的季节早已过去，他还记得从前"麦假"的时候，母亲和哥哥会抄起镰刀下地干活，他和妹妹就挎只大篮子拾麦穗。如今，哥哥跟着长辈到省城搞装修去了，他每天的任务就是送妹妹上学。他骑上家里那辆破旧的大自行车，经过村后的庄稼地，再沿一条尘土飞扬的小路驶到尽头。妹妹一言不发地侧身坐在后座，双手拉紧扶手。在妹妹眼中，夏强已是大人的模样，许久没见过面，她几乎认不出他来。

夏强的母亲看起来有些苍老，她是夏强的姨妈唯一的姐姐。母亲总在烧饭时反复念叨，让夏强好好跟着姨妈过日子，将来在城里成家立业。对此，夏强没有回应过一句话，他心里清楚，自己早晚要离开这里。但有一次，他趁妹妹睡觉时还是忍不住问母亲，她是不是不要他了？只见母亲使劲儿摇摇头，随即背过脸去抹起了眼泪。

后来的日子里，夏强偶尔会想起母亲和妹妹同他告别的情景。在某个空旷的路口，母亲抱着妹妹，而妹妹表情凝重地朝他挥了挥手。这几乎是夏强对村庄最后的记忆。

夏强升入初中后，乡下的母亲便带着妹妹到他大哥所在的省城打工去了。家人的影像在夏强的脑海中日渐模糊，他早已习惯了这座小城里的"新家"。姨夫长年在小城下辖的一个县当干部，初长成的夏强俨然成为"新家"的顶梁柱，不论修灯管还是换煤气，他都能轻松胜任。

他每天早上六点半准时起床，骑自行车从小城的东南方向，一路穿过市中心的商业街，经过政府大院，经过文化馆和人民法院，花上半个小时的时间，来到他的中学。中午他骑车回家吃饭，饭毕收拾好碗筷，再立刻赶往学校。

周末，他除了学习就是做家务和照顾表弟。每周他都会给表弟洗头，表弟最讨厌洗头，可他总有办法，无非威逼利诱，不洗头就抓痒痒，不洗头就不带他出去玩。他偶尔会被允许带表弟出去玩，那显然是表弟最快乐的时光。他会带表弟吃豆腐串，吃棉花糖，吃冰激凌。重要的是，姨妈会给夏强零花钱，却不给自己的儿子，因为表弟还小，还没到"拿零花钱的年纪"。

夏天，表弟每天下午上学前都会央求夏强给他两毛钱买冰棍儿，夏强每次都会苦心教导一番，列举吃冰棍儿的种种坏处，但最终总会把钱给他。而冬天，表弟最爱烤红薯和孜然烧饼，夏强也会买给他，因为当夏强拒绝的时候，表弟凝重的神情总会让他想起自己的妹妹。

初二下学期开学前的寒假，正月来临前的某个下午，姨妈在客厅里给夏强剪头发。那种剪发专用剪刀，一边是刀刃，一边是梳齿。日光灯管照耀着夏强漆黑浓密的头发，它们被剪刀掠过，发出窸窣的声响，碎发轻轻落在他的脖颈处，再经由围绕的废旧报纸，滑落到地板上。

那天姨妈问了夏强一个问题。她是个计划性很强的女人，那件事她考虑了很久，还是决定早点说出来。她问夏强，初中毕业后有没有什么打算。

夏强坐在客厅正中央的板凳上，想摇头，却又不敢乱动。他只好说没想过，什么事都听姨妈的。

接下来，姨妈停下手中的剪刀，不紧不慢地说道："你也不小了，毕业后可以考个中专——现在中专也是很难考的。学个一技之长比啥都强，而且中专毕业包分配。"

夏强没作声，坐在沙发上看电视的表弟却忍不住要发表观点。表弟已经六年级了，依然一副没长起来的样子，姨妈一直将这件事归因于儿子太挑食。表弟大声说："妈，我也要上中专，我学习可好了，肯定能考上。"

"大人说话，小孩别插嘴！"姨妈提高声调呵斥道，随后觉得不妥，转而温柔地对儿子说，"你不是要当科学家吗？那就好好学习，将来考个好大学。"

表弟不肯罢休，吵着闹着又说要当画家："老师说了，我画画能拿奖。"

姨妈不再理她的儿子，专心修剪好夏强脖子上方最后几绺头发，然后对他说："我知道，现在说这些可能有点儿早，但还是要提前规划规划。起来吧，剪好了。"

夏强轻轻"嗯"了几声，起身拿掉肩上的报纸，打扫干净地上的碎发，便到厨房烧水洗澡去了。

北方的冬天又干又冷，但此刻的厨房弥漫着温热的潮气。灶炉上放着蒸馒头用的大铝锅，满满一锅水逐渐沸腾。夏强思忖着姨妈刚才的话，觉得自己的眼睛也开始潮湿。他咬紧牙关，克制住眼泪。随后，他有些摇晃地端起那锅洗澡水，一路朝卫生间走去。他会把沸水倒进窗边那口长方形陶瓷浴缸，再拧开水管放入适量冷水，然后洗澡。可他的思维仿佛被蒸气熏得飘了起来，他仿佛从自己身后看见了自己，看见自己端着一锅沉重的洗澡水。他知道，自己能有今天，永远都要感谢姨妈，可又控制不住胸膛里一腔无端的愤怒。恍惚之中，洗澡水提前落下来，滚烫的水泼洒到浴缸的边沿，然后被阻挡，被反弹，落在地砖上，落在他的右腿和右脚上。灼热的剧痛伴随着浓郁的白色蒸气，他眼前一片模糊，不由自主地将铝锅丢进浴缸，碰撞的响声和他的喊叫声交织在一起。

事后他在家休息了两个月，姨妈支付了医疗费用，为此，他感到更加愧疚。好在伤的只是皮肤，年少的他，一切都在快速生长更新。当他返回校园，教学楼外的垂柳已是一片翠绿。

夏强休养期间，唯一去看望他的人，是丁涛。那时候，丁涛已成为夏强最要好的朋友。

丁涛是体育委员。在他们班上，最初根本没人注意到丁涛。大家渐渐注意到他，一是因为他变得几乎比所有人都高，二是因为他变得越来越让人讨厌。或许大部分人都不喜欢他——成绩差就罢了，还不把任何人放在眼里；他每天骑一辆价值不菲的山地车到学校，总是卷起校服的袖子，露出腕上经常更换的手表。女生觉得他幼稚至极，男生则常常组团向他发起挑衅，他们觉得他不知天高地厚，必须让他吃点教训。

初二上学期，丁涛和另一个男生在教室里异常激烈地打了一架。丁涛的脑门被板凳磕破了，几个深红色的血点留在板凳腿上。那天夏强一直在场，但直到听见突兀的撞击声，他才意识到发生了什么，这才和大家一起把他们拉开。

　　夏强忍不住想，如果他尽到了班长的责任，这件事本可以避免，至少不该有人受伤。他坚持要带丁涛去医务室，可丁涛大手一摆，说自己不可能有事。他只好陪他去洗手间简单清理了伤口。

　　"别跟老王说，行不？"回教室的路上，丁涛用右手捂着额头斜上方，一边走一边说。老王是他们的班主任，教数学，头发不长，眉毛是文上去的，一年前刚刚结婚。丁涛解释道："老王她男人和我爸在同一个单位，我不想把事情闹大。"

　　夏强一把拉开丁涛的手，见他的手和额头上都已没了血迹，只说道："你回家吧，我给你请假。"

　　在那之后，丁涛没再打过架，至少没和本班同学打过。奇怪的是，夏强和丁涛的交往也日渐增多。夏强发现，此前他是选择性忽略了丁涛的存在，如果非要追问原因，他觉得大概是因为他们没有任何共同之处。如今丁涛常有意无意帮夏强做些事情，他有效发挥了身高优势，不是更换教室门外的班级名牌，就是拧亮日光灯管的启动器。正是诸如此类的小事，让夏强对他产生了信赖。他们俩开始常常走在一起，丁涛赫然交到一个颇具说服力的朋友，其他男生对丁涛发起挑衅的日子也一去不返了。

后来他们开始结伴回家。他们的家离学校都很远，他们需要骑自行车穿过大半个城市。丁涛骑一辆蓝白相间的山地车，车轮又宽又厚实，夏强则长年骑一辆姨妈家的深橘红色女式车。夏强渐渐知道，丁涛是家里的独子，他家经济条件不错。丁涛也了解到，夏强寄住在姨妈家，家里还有一个表弟。

他们放学后常常溜进某个单位的大院。在那里，夏强有机会骑一骑丁涛的山地车，他曾学着丁涛的样子练习"大撒把"，可始终没有学会。大院内还有草坪、亭子、篮球场和乒乓球台，有时他们就坐在篮球场的边缘看别人打球。有一次，丁涛百无聊赖地对夏强说："如果我们能互换身份过一天就好了。"夏强笑着回答："如果真的那样，你肯定会后悔的。"

初二下学期刚一开学，夏强被烫伤的消息立刻传遍了整个班级。丁涛主动向老王请缨，代表全班同学去看望他，还把自己的随身听和一抽屉磁带全部打包带给了他。他对夏强说："无聊的时候，你就听歌。"

1997年春天，晓丽养成了午后听歌的习惯。

那年寒假，晓丽犹疑了很久，最后用压岁钱为夏强买了新年礼物——一个淡蓝色封面的硬壳日记本，外壳可以抽开，写完后再合上，就像抽屉一样。

刚一开学，班长受伤的消息便人尽皆知。晓丽身边的桌椅空置了一个多月，当她终于把礼物交到夏强手上，她甚至没敢过问他的伤情，只信口说，亲戚给了她好几个本子，送他一个。夏强感谢了她，说他已经完全没事了，露出晓丽期待已久的、久违的笑容。

两天后，夏强送给晓丽一盒叫《心言手语》的磁带。是丁涛带夏强去音像店选的，他们商量了很久，觉得这盒最符合晓丽的气质。从那天起，晓丽一吃完午饭就会端坐在家里的录音机前，神思游离，飘向远方。

有件事她永远不会承认，那就是她每次听歌都会想到夏强。就好像他有许多话要跟她讲，她也有许多话要跟他讲，可他们都懵懂又害羞，所以谁也讲不出口。幸好那些歌曲替他们说出了心里话。在这样的午后，在各种遐想之下，她最终会因为舒适的温度而产生困意，然而时间所剩不多，她不得不打起精神迎接下午的课程。

晓丽所在的中学，从她家步行只需十分钟。因为离得近，她反而总是踩着点到达。她总能在预备铃敲响之前落座。下午的预备铃声清脆而悠长，持续整整十五秒钟——每次她都在心底默默倒数。

铃声一止，班长夏强就会起身走上讲台，大声对同学们说："都别说话了——学生会要来检查了！"紧接着，他会大声地唱一句音乐课上学过的歌，随后同学们便跟着唱起来。

晓丽看着讲台上的夏强，她知道，接下来他会走出教室，和学生会检查唱歌的两个男生打招呼，看着他们在打分表上"优"的那栏画钩，然后笑吟吟地回到自己的座位，重新坐到她旁边。

他们从小学六年级起就是同桌了。晓丽还记得升入中学后第一次排座位的情形。那时夏强和她差不多高，他比暑假前黑了一些。在教室外的队伍里，他们并没有站在一处，可一走进教室，他们就莫名其妙坐在了一起。"杜晓丽！"夏强笑着喊她的名字。晓丽点点头，一句话也没说，只顾匆匆收拾自己的课桌。

1997年春天，两个人依旧坐在一起。夏强的身高已明显超过晓丽，他的嗓音依然富有磁性，但不像此前那么低沉了。而晓丽愈发困惑的是她毫无缘由臃肿起来的体态，她并不是一个真正的"胖女孩"，她苦恼的只是局部，还有其他一些生理上的变化。

由于不得不日复一日待在一起，他们变得几乎无话不谈。夏强会说，知道吗，邻班劳动委员被校外的混混打伤一只眼睛，初三一个男生在办公室顶撞老师，被叫家长。晓丽对这些并不真的感兴趣，但她依然享受夏强那种播报独家新闻的感觉。晓丽则常常说起她的爱憎与烦恼：喜欢语文老师，讨厌体育老师，最崇拜的是军人，将来绝不生孩子……

晓丽相信，一旦夏强离开座位，他就会立刻忘记和她说过的一切。他的日子永远是满的。他家离学校很远，每天在路上他就要花许多时间。在学校，他担负着班长的责任，得去教务处开会，在自习课维持纪律，还要在午后带领大家唱歌。

那天下午，他们照例唱了两首歌曲。上课铃响起之前，夏强回到自己的座位。接下来，晓丽看见夏强将耳朵贴近桌面，进而弓起了身子。他将脸侧向晓丽，示意她打开桌斗。晓丽照做了，一眨眼的工夫，夏强将捡起的东西扔进她的桌斗——她唰的一下涨红了脸。她看见一包浅粉色包装的卫生巾，那原本是她放在校服兜里的。

"知道吗？"夏强觉得必须说点什么，"我们班要来一个转学生。"

晓丽笑着点点头。她很想告诉他，就算不岔开话题，她也一样感激他。但她什么也没说，她很清楚，他们依然有足够多的时间待在一起。

1997年春天，夏强养成了写日记的习惯。

天气一天比一天暖和。不知从哪天起，表弟上床睡觉后，夏强便偷偷拿出晓丽送他的日记本，他会独自在台灯下发呆，最后任由自己写下此前的所思所想。

夏强很久以后才发现，他在日记中并不曾提起晓丽。他同样不曾提起姨妈、表弟，或是遥远的家人，仿佛他对自己的未来从不曾真正放在心上。他笔下一行又一行杂乱无章的句子，只和两个人有关，一个是丁涛，另一个是孙静。事实上，他对这两个人产生了相似的感觉。夏强不得不承认，那种感觉非常接近幸福。

孙静是夏强返校后第二周转来的。那天下午第一节课后，孙静被老王带进了教室。没有多做介绍，老王只是把夏强前座高度近视的女孩调到了第一排，然后把孙静安排在这里。"这是班长，有什么事就问他。"老王交代完就离开了。

所谓惹人侧目的插班生，说的就是孙静这样的女孩。她既漂亮又苗条，大眼睛，不戴眼镜，头发从中间分开，后面扎成一个马尾。那天她没穿校服，而是穿了一件软软的暗红色格子休闲衬衫，这女孩因此显得更加与众不同。

看到孙静的第一眼，晓丽立刻觉得卑微起来。在晓丽看来，与其说孙静"早熟"，还不如直接说她"成熟"。虽然她人如其名，安静而沉默，但她身上丝毫没有少女那种不知所措的感觉（晓丽就有）。不过她的马尾过高了，晓丽在想，即使能留长头发，她也不可能扎那么高的马尾，因为看起来太高傲了。

孙静来的时候背着书包，却没带任何书本。她拒绝跟同桌的男生共看一本书，所以夏强主动把书借给了她。孙静转身对夏强说："谢谢你，其实我不看书也可以。"她的声音出奇地温柔，她讲起话来不紧不慢，沉着稳健。但她还是把书拿走了，夏强理所当然地和晓丽共用一本书。

夏强的脑袋和肩膀常常不自觉地朝书本倾斜，有时他的胳膊几乎碰触到晓丽的手肘，但总会马上移开。晓丽根本不想看书，只好常常抬起脑袋，每次都会先看到斜前方的孙静，看久了，那束马尾也显得没那么高傲了。这堂课他俩都没怎么听进去。夏强几乎全程盯着书本，偶尔抬头看见孙静的背影，总是不由自主地想起老王说过的话。

那天上午，老王曾把夏强叫到办公室谈话，为了孙静的事情，特意叮嘱他。根据老王的说法，孙静是个"让人头疼的女孩"，作为老师最信任的班长，他必须"监督她、帮助她"。

"她到底怎么了？"夏强鼓起勇气问。"早恋，"老王回答时带点不屑，仿佛这个轻佻的女孩完全不值得多说，但她还是补充道，"成绩也不好，转学加留级，今年她本该初中毕业的。"

夏强点了点头。"你知道该怎么做，对吧？"老王最后说道，"如果发现什么不对劲的地方，及时报告老师。"夏强再次点了点头。

接下来的一个月里，果然所有人都在议论孙静。他们说，孙静的父亲是个商人，城里许多生意都是她家的。他们说，孙静在原来的学校因为早恋被开除，所以才来到这里。没有哪个男孩有勇气和她搭讪，女孩们更是对她敬而远之。

夏强是为数不多的和她讲过话的男生之一，虽然讲的只是课程安排、纪律，还有他认为帮得上忙的其他注意事项。孙静也会主动问夏强作业之类的事情，既不过分拘谨，也绝不多言，每次都用她特有的不紧不慢的语调说谢谢。除此之外，她一直保持着属于自己的沉默。

在夏强看来，孙静远不像老师和传言中所说的那样，至少她每次感谢他时，眼神都特别真诚。他一点儿也不了解孙静，但他喜欢想象关于她的一切。

他常常在睡觉前对着台灯发呆，脑海中不时浮现英雄救美的场景，他凭借一己之力将孙静从水深火热中拯救出来，或是同全世界激烈争辩着有关孙静的种种……他会忍不住把这些写进日记，在日记里跟她说说心里话，比如说：

"今天的你，看上去那么忧愁；但愿明天，我能看见你的微笑。""你还在回忆过去的伤心往事吗？我该如何去做，才能帮你渡过难关？"他还会用铅笔在纸张的一角画素描人像，有时是正脸，有时是侧脸，显然是同一个女孩。他总是忍不住去想，如果某天孙静看到这本日记，不知她会做何感想，是感动、生气，还是不屑一顾？

他也常常自问，像孙静这样的女孩，会不会喜欢他。早上洗脸的时候，他会盯着镜子里那两行柔软的胡须，思忖着该不该把它们刮掉。姨妈不久前对他说过，他还没到刮胡子的年纪，如果刮了，就会越长越多。实际上，他脑中还常常盘旋着另一个念头，那就是在暑假前鼓起勇气向孙静要一张她的照片。如果这个愿望能实现，他希望在初中毕业之前，可以进而和她成为朋友。但他从来没有机会开口，他一点儿经验也没有，只敢问她和学习有关的事情。或许是为了掩饰自己的不安，他平时和晓丽聊得更多了，他总是故作轻松地侃侃而谈，同时幻想前排的孙静正在偷偷听他说话。除此之外，他和丁涛混在一起的时间也越来越多，直到有一天，老王宣布了分班的消息。

自从身体痊愈之后，夏强总会和丁涛在课外活动时间去操场上练习跑步和引体向上。丁涛教会夏强在长跑时如何科学地掌握呼吸节奏，也常常为他示范更加省力的引体向上姿势。这些不仅是体育课的必考内容，也是初中毕业体育达标考试的主要内容，他们不得不提前练习。

他们变得更亲密了。由于两家离得不远，丁涛常常邀请夏强到他家。丁涛家很大，甚至有一间专门的储藏室。丁涛的母亲烧得一手好菜，儿子和班长交朋友，她很高兴。他们总是一边听歌，一边学习，学完了就去外边溜达聊天。丁涛总是得意地说起自己小时候因为顽皮而受伤的种种事迹，夏强也毫不掩饰地讲述自己对乡下的记忆，以及来到这座城市后的种种生活，严厉的姨妈，黏人的表弟，但他还是很爱他们。夏强能感觉到，当他讲故事的时候，丁涛甚至有些入迷，毕竟他们是如此不同。夏强隐约记得杂志上一篇文章的观点：有差异的人才能成为彼此真正的朋友。有时候丁涛会恳求夏强留宿，他会让母亲给夏强的姨妈打电话，无非互相客套一番，并无波澜。事实上，偶尔在丁涛家留宿的日子，成了夏强最无忧无虑的时光。

夏强希望为丁涛做点儿什么，尽管丁涛看上去什么都不缺。夏强说："我可以给你补课。"但丁涛每次都用成年人那种不屑的口吻回答："还是别费力气了。"夏强知道，丁涛一点信心也没有，他不知道怎样才能让对方有信心，觉得自己不是一个合格的朋友。可丁涛一点都不在乎，他说他可以考体育特长生。

那年春天快要结束时，有一天，老王宣布了分班的消息。初三开学后要增加一个文体特长班，以期末考试成绩为准，暑假前出结果。大家心里都很清楚，"特长班"就是"差生班"。

夏强知道，丁涛一定会被分到"特长班"。他想和丁涛认真谈谈，却又不知说些什么才好。他头一次陷入如此境地，仿佛要做重大决定的人不是别人，而是他自己。他在日记中写道："我真的不想失去我的朋友。"最终，他做了一个愚蠢的决定：写一篇歌颂朋友的作文，仿佛这是对这份友谊的一次总结。

不久后，语文老师请夏强上台朗读他的作文，作文的题目就叫《朋友》。他走上讲台，接过老师手中的作文本："我和丁涛成了朋友。初二那年……"

教室里，丁涛出神地坐在后排的座位上，仿佛并没有认真听。夏强起初有些胆怯，就好像有人要把他的心剖开给所有人看似的。很快，他就自信起来，但他始终控制着自己的声音，不让别人听出那份炫耀的意味。文章的最后，他提到不可预知的未来，并如宣言般表示，他将永远珍视友谊，相信希望！最终，他还是没能控制住声音的颤抖。读完作文之后，他觉得难过极了，说不上来是为什么。

接下来是点评环节。孙静出人意料地主动举起了手。她起立之后，整个班级鸦雀无声。她用那种听起来有些甜美，同时带一点感情色彩的嗓音说，这篇作文让她觉得感同身受，她自己也经历过类似的友谊。在她发言之后，受到鼓舞的其他同学也迫不及待地举起手来，仿佛不允许自己错过这种公开展示真情实感的机会。有个男生甚至谈了对丁涛同学的印象，还积极称赞了他的闪光点，说他既热心又善良。最后，被点名的丁涛抓抓脑袋站了起来，作为名副其实的"男主角"，他用那种既正式又露怯的腔调说，这篇作文写得很真实，他会多向班长学习，争取也能写出这样的作文。

那天放学路上，丁涛一边蹬车，一边对另一辆自行车上的夏强大声说："知道吗，我喜欢上一个人。"

夏强和丁涛改变了回家的路线。他们进了一个单位的大院，把自行车停在篮球场边上，然后坐在地上看几个高中生打篮球。

"你真的喜欢孙静？"夏强问。

"当然了，骗你干吗！"丁涛回答，"你帮我想想，该怎么追她？"

"你得先和我说说，为什么喜欢她？"夏强问。

"就是喜欢呗，不为什么。"丁涛回答。

"认真的吗？以前怎么没听你说过？"夏强又问。

"因为我今天才发现喜欢她，"丁涛笑眯眯地说，"我骗你干吗！"

"可你了解她吗？你有没有听过关于她的传言？"夏强严肃而忧虑地说。

"我从来不信谣言，"丁涛呵呵傻笑了几声，"谁都能看出来，她是好人——这就跟谁都能看出来你是好人一样。"

"我才不是好人。"夏强赌气似的说。

"你要不是好人，那我干脆别活了。"丁涛的想法总是轻易被夏强带跑。

"唉，你要是真的喜欢她，"夏强叹了口气，"最好先成为她的朋友。"

"你说，孙静会被分到'特长班'吗？"丁涛突然问道。

"不知道，"夏强回答，"我觉得你该好好复习了，没多少时间了，我希望你和孙静都不要被分到'特长班'。"

"考试后我们一起出去玩吧，"丁涛突发奇想地说，他从来不是个有计划的人，"你叫上孙静，或者再多找几个人。"

夏强想了一会儿，点点头。他的确很想这么做。

夏强上台朗读作文那天，孙静做了一个决定。

那堂作文课上，当夏强从讲台回到座位时，孙静回头看了他一眼。那是一种认可的眼神，夏强瞬间觉得他们之间心灵相通。

下课后，孙静再次转过身和夏强打招呼。她说，好羡慕他能写出那样的作文。夏强傻傻地笑，不知回答什么才好。随后孙静看向正在收拾书本的晓丽，晓丽抬起头，意外地听见那个温柔的声音说："要不要去上厕所？"

那时候夏强并不理解，洗手间明明不远，为什么女生总喜欢结伴一起去。晓丽当然理解这种邀请，尽管她不会承认，但被邀请的感觉确实令人享受。她点点头，两个人一同走出教室。

　　这就是孙静的决定，这份关于友谊的邀请就这样成功了。没有太多理由，她只是太需要一个朋友了，毫无攻击性的晓丽碰巧成为最合适的人选。她们俩是斜前后桌的"邻居"，夏强恰是她们之间的连接。很快，女孩子就会亲密起来，而夏强依然待在原地，他会继续彷徨一阵子。

　　天气一天天热了起来，男生不再穿校服外套，但大部分女生仍坚持把自己裹得严严实实。期末考试越来越近，分班的日子也越来越近，孩子们在一种有压迫感的大环境下整日忙碌着，同时在精神上更加依赖彼此之间的友谊。

　　就是在这段日子里，在某个课外活动时间的操场看台上，孙静向晓丽坦白了自己转学的真正原因。

　　确实是因为谈恋爱，她说那是个非常帅非常成熟的男人，不是学生。她曾有个特别要好的女生朋友，那男人是朋友的表哥。母亲偷看了她的日记，于是想方设法阻止。后来家人找学校反映，学校也没有办法，只能把她和她的朋友叫到一起谈话。家人开始每天接送她，让她没机会跟对方见面。那是她最痛苦的一段日子，她不知该如何面对每一个人。后来，男人给她写了封信，他去了另外一个城市，他说现在她还太年轻，希望他们以后有缘再相聚。她没有回信，哭了三天三夜。她再也不想去学校了，甚至好长一段时间都拒绝和任何人说话，包括她的父母。不过现在，她最后对晓丽说，她已经不怎么想他了。

晓丽眉头紧锁，听得十分入神。她伸出一只手，轻轻握住孙静靠近她那一侧的手腕，转过脑袋看着对方的眼睛说："谢谢你告诉我。"

孙静同样看着晓丽的眼睛，厚厚的镜片遮不住微闪的泪光。孙静自己也忍不住湿了眼睛，但脸上依然是微笑的表情。几乎是头一次，她从旁观者的角度审视了自己，这让她更加确定，她的的确确同过去告别了。

也是在暑假前的备考冲刺时段，夏强第一次和晓丽讲述了自己的家庭和童年。

自从他上台读过那篇作文之后，丁涛就成了他和晓丽的崭新话题。他会将丁涛的磁带转借给晓丽听，晓丽也会将她喜欢的歌曲分享给孙静。谁的歌好听，谁出了新专辑，谁又比谁更受欢迎，这些成为孩子们学习生活空隙里不可或缺的填补，也让几个年轻人有机会交织连接为一个整体。

期末考试前一个月，学校开了一次家长会。老王特意烫了一个高高的刘海。她昂首挺胸站在讲台上，心里有些紧张。她尽可能想象这是一堂普通的数学课，总算将具体的分班方案跟家长们讲清楚了。值得欣慰的是，大部分家长似乎并不太关心。那个年代的家长，更习惯于服从学校的安排，他们相信学校自有学校的道理。

第二天早上，晓丽一见到夏强就对他说："我妈说，你妈气质特别好，一看就是领导。"夏强说："我要向你坦白一件事，不过要等下午课外活动时再说。"

晓丽几乎一整天都在想，夏强一定会告诉她，他喜欢上孙静了。虽然她不愿相信，但她当然能看出来。他们每天都坐在那个直角三角形里，每次课间休息，孙静差不多都会向后转身，如今她主要是找晓丽说话，夏强就常常自然而然地离开座位。

下午第二节课后，他们分别和自己的朋友去了操场。夏强跟在丁涛身后慢跑热身，当他看见晓丽独自坐在看台时，便离开跑道来到她跟前，坐在前一个台阶的位置上。两个人就坐在那里看别人跑步。

"你要跟我说什么？"晓丽问。

"其实我早就想告诉你，"夏强向后偏过脑袋，但并没有去看晓丽的脸，"开家长会的那个人，不是我妈。"

　　"那她是……"晓丽有些不安，很担心那是他的后妈。

　　"是姨妈。我一直在姨妈家住，家里还有个表弟。"夏强保持此前的姿势，眼睛一直看向远处。

　　"原来是这样，"晓丽踏实了许多，"她对你好吗？"

　　"她对我挺好的，"夏强的脑袋又转了回来，目光落在跑道上，"她是个很严厉的人，但我还好，不是很让她操心。"

　　"是呀，你学习好，根本不用担心什么。"晓丽说。

　　"唉，我也不知道，"夏强老成地叹了口气，提高声调继续说道，"我就是觉得，要告诉你一下。毕竟我们已经做了三年同桌，不知道初三后还会不会坐在一起。"

　　这时夏强看到丁涛慢跑着朝他们靠近。"对了，"夏强扭头向上看了晓丽一眼，"暑假我们去郊游吧，就去水库和附近的村子，多叫几个人，我们可以野餐。"

　　"我想想。"晓丽回答。

　　丁涛已经来到看台下方。他抬起头，用过去那种有点讨人厌的声调对晓丽说："去吧！这不是集体活动，只是朋友间的聚会。"

远远地，夏强看到孙静拎着两瓶饮料，脖子挺得笔直，带着她独有的光环，慢悠悠地朝这边走来。

"我们再跑一千米吧。"夏强边说边站起来，拍了一下丁涛的肩膀，"快点儿，你帮我计时。"

七月来临之前，分班的结果正式公布。在他们四人之中，只有丁涛被分到了"特长班"。

离开学校那天下午，他们四个第一次结伴而行，来到某个单位大院的一座亭子里，为的是商定郊游计划。

一路上，两个男孩一前一后推着自行车，女孩子则并肩步行。经过大楼前的花坛时，所有人都看见了"喜迎香港回归"的条幅。

"明天香港就回归啦！"丁涛兴奋地说，"今天要不要熬夜看现场直播？"

"当然要看，"孙静已经开始显露活泼开朗的一面，或许这才是她原本的样子，"如果我不困的话。"

"我也看，"晓丽跟着说，"我肯定不会错过。"

丁涛问夏强："那你呢？你来我家看吧，怎么样？"

"再说吧。"夏强摇了摇头，他还沉浸在分班带给他的惆怅里。

他们在亭子里围坐下来，刚好每人一个石凳，书包堆放在正中央的圆形石桌上。他们约定，一周后在夏强家楼下集合，因为那里距离水库最近。他们将骑着自行车，向南行驶十千米，先到水库遗址公园，然后向西北穿过村庄，绕过工业园区，到达西郊林场，最后沿着国道向东，回到市内。

因为放学早，他们在那里待了很久。其间丁涛去买冰棍儿，夏强和两个女孩继续坐在原地。夏强发现，此刻他们三个的位置和在教室里几乎一模一样，不同的只是他们终于面对面坐着了。

"知道吗？"夏强觉得必须说点什么，"丁涛可能有其他去向了。"

当丁涛停好他的山地车，拎着装冰棍儿的塑料袋回到这里，他感觉到了气氛的不对。

"丁涛，你真的要走吗？"孙静直截了当地问道。

"还没定下来。"丁涛被问得猝不及防，却有点享受那种被关注的感觉。

"至少要读完初三吧？"晓丽继续问道。

"我不知道。"丁涛满不在乎地笑了，努力装出一副大人的模样，可还是无法掩饰自己是个孩子的事实："没啥可担心的，有我爸呢。"

那天分别前，他们交换了家里的电话号码。

"答应我，"丁涛说，"你们每人都要送我一张相片做纪念。"

紫猴子

提前结束的夏令营（一）

快到中午了，雨突然变得很大，小操场上的泥土已被完全打湿，几股水流很快汇聚成污浊的小溪，流向学校铁门的低洼处。小北坐在四年级的教室里，沉默地望着窗外。他在等那辆大巴车，因为夏令营提前结束了。

教室里很安静。小北竖起耳朵等着，他在等待大巴车驶来的声音。但他只能听见雨水的声音，还有河水的奔流声。这所村庄小学就坐落在堤岸边。三天前，大巴车将小北他们送到这里，然后离开。那天可没下雨，堤岸上的沙土被晒得滚烫。小北还记得大巴车发动引擎离开的声音，在浩浩荡荡扬起的尘土中，大巴车消失在堤岸上。此刻的小北弓着腰，手臂交叉搁在课桌边沿，歪着脑袋向外看。急促的雨点击打着地面，变作数不清的泡泡。

小北在等大巴车，也在等永立。永立是这个村庄的孩子，和小北同岁。他本该坐在小北的身旁，坐在这间教室里。但上午第二节课后，他就走了。当时雨还很小，小北把永立送到学校门口。永立的父亲开一辆拖拉机来接他，他们沿着堤岸离去，引擎声惊天动地。永立背对父亲坐在拖拉机的后车斗，使出全身力气朝着小北喊："我还回来哩，晌午就回来——"

第三节是数学课。课上到一半，老校长推门走进教室，认真地宣布了两件事情。一件是由于天气原因，夏令营提前两天结束，市里的大巴车已经出发，今天就接孩子们回家；另一件是同样因为天气的缘故，大荛河小学从当天下午起放假一周。说罢，校长示意数学老师跟他一起离开教室，让同学们先上自习。

教室里立刻炸开了锅。在这间教室里，三分之一的座位上坐着村子里"真正"的学生，另外三分之一是小北和同他一样来自城里的同学们，还有三分之一是空位——全村读四年级的孩子都在这个班，教室本来就坐不满。

小北右前方的程翔转过身子，对着小北吐了吐舌头。小胖子程翔，黝黑皮实，平头小眼，眼睛的一边有个小伤疤，但并不明显。他本是小北最好的朋友，也是这次夏令营当中小北唯一的同班同学。小北看了他一眼，有点嫌恶般低下头，随后又把头扭向窗外。

小北听着叽叽喳喳的说话声。来自城里的同学们个个喜形于色，庆祝着苦日子终于熬到了头；村子里的同学们则有点不知所措似的，窃窃私语着，仿佛惊于看到竟有这么多人把心情直接写在脸上。小北想起永立曾说过，放假对他们来说一点也不新鲜，他们动辄就会放上几天假。

孩子们吵闹没多久就倦了。村里的孩子大多开始自习，小北和程翔他们则无所事事地继续等着。小北就那么趴在课桌上，等着中午的来临，等着大巴车，也等着永立。他的心情有点矛盾，他希望大巴车晚点来，他还想和永立道个别呢。

城里的孩子和村庄里的孩子

所谓的城里，不过是北方平原上一座灰蒙蒙的小城镇，郊区尽是化工厂。一座新兴的化工城，几乎和小北同岁。十年前，小北的父母那一代人来到这里，开启了一股开发建设的新热潮。他们成为拥有优越感的外来者，忙于工作，生儿育女，一待就是十年，看样子将永远待在那里。

村庄里的孩子当然是另一种情形。他们祖祖辈辈都守在这里，守在这条河边，守着他们的土地。他们同样忙忙碌碌，生儿育女。后来他们听说，百里之外兴起了一座城市，不过大部分人从未去过。他们去那里做什么呢？最远到邻村或者县城罢了。

但是总有一些事情，能把不同的孩子们联结在一起，比如夏令营。夏令营的第一天，小北结识了永立。乡村小学是不放暑假的，他们只有春假和秋假，都是农忙时节。春天，乡村小学接受城里小学捐赠的文具和课外书。夏天，乡村小学迎来城里小学的孩子们。

下午两点，大巴车把小北他们送到村庄。在学校大门外，那里的孩子已站成整齐的两排。"欢迎欢迎！热烈欢迎！"声音很大，仿佛可着嗓子在喊。约莫二十个城里的孩子，高矮胖瘦不一。他们跟着辅导员老师，走在呼喊声中。小北低头看看荡起的尘土，有点后悔穿了这双干净的白球鞋。

这所学校一共有五间平房教室，分别代表五个年级（五年制）。五年级的学生已经毕业，其他教室间或传出齐声朗读的声音。四年级的学生负责迎宾，他们是这次夏令营活动的主要参与者。教室外面是一个不大的院落，在靠近河流的那一侧，一棵老榆树上挂着铜铃，拉绳长长地垂落着，止于大人才能够到的高度。

在院子里，孩子们开始结对子。一个乡下的孩子会带一个城里的孩子回家，他们将一同吃住，一同学习，度过短暂的一周。城里的孩子站成两排，乡下的孩子走近了，前来挑选。找啊找啊找朋友，找到一个好朋友。小北的好朋友程翔，那个小胖子，他最快被选中，被一个矮矮的，看起来和他一样调皮捣蛋的孩子迅速"占领"。小北则被一个扎辫子的，看起来学习成绩很好的高个子女孩选中。程翔对那个女孩说："张小北是男生啊。"女孩羞红了脸，马上跑开了，另选了一个同样扎着辫子的，看起来学习成绩很好的小个子女孩。小北笑着看了看程翔，仿佛在感谢他。最后，一个瘦瘦的，皮肤黑黑的，个头比小北高，但看起来和小北一样不爱说话的男孩，选中了小北。

"我叫田永立，家住青庄，在大荛河小学上学。""我叫张小北。""我叫田永立，家住青庄，在大荛河小学上学。"永立像背台词似的又讲一遍。

刚刚读完五年级（六年制）的小北，和四年级的永立一样大。在教室，他们一同上了一节数学课。小北能听到大巴车发动引擎离开的声音，也能听到河水永不停歇的奔流声。老师讲完课就离开了，让同学们写完作业再放学。

永立转过头再次对小北说："我叫田永立，家住青庄，在大荛河小学上学。"仿佛怕小北听不清楚，又好像小北是个外国人似的。小北说："我叫张小北，我听见黄河水的声音了。"永利说："水位高的时候，就会停课，我们经常停课。"

"我给你看样东西。"小北说着从书包里掏出一张折叠好的信纸，展开了，放在永立面前。"这不是我写的吗？"永立看着信末歪歪扭扭的自己的名字，惊喜地说。小北点点头，两个人默契地笑起来。

那是一封感谢信，语文老师曾把它分配给小北，小北写好回信后，老师将它同其他信件一并寄走。永立说："你写的信我也留着呢，放在我家的抽屉里。"

河堤纳凉的晚上

永立的家，距离堤岸不过百米远，很矮的房子，堂屋和卧房连在一起。院子很小，半露天的灶台和一口水井，没有养牲畜。"倒是养过几只鸡，"永立说，"但去年发大水时冲走了。"没有电视机，连收音机也没有。堂屋有台五斗柜，上面堆满了杂物。一张不大的深色木头方桌，那是一家人吃饭的地方，也是永立做功课的地方。整个房子很暗，只有进门处有盏灯泡。

小北、永立、永立的父母，四个人坐在桌前吃晚饭。晚饭是玉米面粥、馒头，配一盘炒菜——炒豆角。"多吃点，新薅的豆角。"永立的母亲热情地说。小北把馒头就着豆角吃下去，再喝一口粥。也有咸菜，腌制了许久的咸菜，家家都有，可以长年累月地吃。但小北一口也没吃，他不爱吃咸菜。

小北的书包里藏着方便面和火腿肠，但是他不好意思拿出来。

晚上热得厉害。没有电风扇，什么都没有。所以永立拉了个草垫子，带着小北去河堤纳凉。他们背对着河流，面向村庄。习习的风从远处吹来，穿过堤岸上白杨树巨大的间隔，吹向河的方向。村庄的灯火影影绰绰，身后的河水滔滔奔腾。就算转过头去，照样什么也看不到，反而有点可怖。

"你爱吃方便面吗？"小北问，"我书包里有，但我忘记把书包带出来了。"永立迟疑地摇摇头。"我不爱吃那东西。""那火腿肠呢？"小北又问。永立点点头。

"你吃不吃知了猴啊？"轮到永立来问。"吃啊，就是不好抓。"小北答。"明天晚上咱去抓知了猴吧，村边有个小树林，可多了，能抓一大缸。""太好了，太好了。"

然后就是沉默。一旦沉默，永立仿佛永远不会再开口了。小北笑嘻嘻地看着永立的侧脸，暗淡光影下的睫毛，紧绷的、没有表情的脸，分明还有点害羞。

"永立，你长大后想当什么？"还是小北兴致勃勃地挑起话题。

"不知道，呵呵。"永立一边摇摇头，一边傻笑起来。

"我想当个天文学家，"小北在草垫上躺下来，指着树梢上空的熠熠星光说，"研究那些星星。"

小北跟永立讲起太阳系九大行星，一个接着一个，从水星讲到冥王星。那时候，冥王星还没有被开除。永利听得入了迷，不插一句话。最后，他由衷地称赞道："你知道得真多啊。"

"都是从课外书上看的，"小北甚是得意，突然记起捐书的事情，又补充道，"对了，你们学校现在也有不少课外书了，你可以多看看。"

永立很认真地点点头："好，我去看。"

不会游泳的青蛙

沿着一条窄窄的土路，四个孩子前前后后地走着。他们是小北、永立、程翔和土豆。按土豆的话说，不远处有片小树林，树上有鸟窝，说不定可以摇下小鸟来。

路上静得出奇，太阳似乎躲了起来，时常有轰隆隆的声音从天边传来，模糊而遥远，不知是飞机还是滚滚闷雷。偶尔有一两个骑自行车载农具路过的小伙儿，对着土豆打趣一句："咋不上学，我跟你们老师说！"然后就过去了，扬起又薄又碎的浅黄色尘土。土豆对着尘土，嚣张地把话扔回去："敢！"

在到达小树林之前，他们先经过一个土坡。土坡的后面就是小树林，零零散散的鸟儿不时穿梭鸣叫。土坡前是片洼地，不知是雨水还是什么水，积起一个小水塘。水塘是浑黄色的，泥土的颜色。

有五六个小男孩正在里面游泳。他们只有七八岁的样子，赤身裸体，个个瘦得像猴子。他们追追赶赶，不断发出扑通扑通的声响。永立他们便停下来看。

有人提议比赛潜水憋气。只见几个孩子都把脑袋没入水中，水塘顿时没了动静。几秒钟后，水面开始出现咕噜噜的泡泡，接下来是渐次钻出来的湿漉漉的小脑袋。永立和小北数着人数，程翔计时，土豆不停地叫好，并将计时结果及时传达给参赛选手。

有个小孩尤其擅长憋气，他在水下待了整整一分钟。别的小孩早就在喊："出来吧，别憋死了。"

终于，他先伸出一只手臂，然后才露出脑袋。他迅速甩了甩头上的水，睁开眼睛。他的手臂依然高举，他兴奋地大喊："瞧我逮着个啥！"紧接着，只见他的手臂用力一挥，把手里的东西尽可能远地朝岸上扔去。

原来是一只拳头大小的青蛙。它落在小北的脚下。小北出自本能地躲让，倒退着，几乎跳起来。程翔也退了一步，只是幅度要小一些。

土豆和永立哈哈大笑起来，程翔也跟着笑起来，最后小北也跟着一起笑。

爽朗的笑声，传染的笑声，掩饰的笑声。而那只深绿色的、晕头转向的青蛙，它回过神来，才赶忙向远离人群的方向跳跃而去。逮到青蛙的孩子大声叫着："别让它跑了！"

另一个孩子已经光着屁股跳上岸，随手抡起地上的一把镰刀，朝着青蛙追过去。

"咱也洗澡吧。"土豆对永立说。永立看了看小北，小北看了看程翔。"你去吗？"小北问程翔。程翔犹疑不定地看着土豆。"你们去吧，"小北说，"我不会游泳，我在这里看衣服。"

在浑黄的水塘里，土豆和永立如鱼得水。程翔也跟着下了水，起初还是一副极不情愿的样子，很快便自然地和他们玩闹起来。水中的男孩们，仿佛结成一个新的同盟。唯有小北蹲在岸边，怀抱着一堆脏衣服。他从来没有像现在这样讨厌自己。他对自己说，要不要脱掉球鞋，往水里走几步。但他再一次跟自己妥协了，这是他无法完成的任务。

有那么一会儿，小北看到土豆对那些小孩说了些什么，那些小男孩便好奇地朝这边看他，每个人脸上都笑嘻嘻的。

某个男孩突然喊道："他是女的！他是女的！"

其他人立刻炸开锅似的哄笑起来。小树林里，几只鸟儿忽闪着翅膀飞走了。小北羞红了脸。

永立对着那些孩子恐吓道："谁再笑，我就打他！"

于是立刻没有了笑声。

土豆不服气地辩解："人家说的是实话，要不他怎么不下来洗澡？"

永立火了，瞬间蹿到土豆跟前，一副要把他按到水里的架势："你再说试试！"

土豆转身就跑，朝远处游去。但他哪是永立的对手，永立几步就逮到了他，挠起他的胳肢窝。

土豆痒得几乎岔了气，还呛了几口水。

小北想对永立喊："可以了，别闹了。"但他什么也没喊出来。

程翔已经上了岸，他将手伸向小北，向他投去一种介于尴尬和道歉之间的眼神。小北把程翔的衣服递过去，没有说话。

水塘里，直到土豆开始号啕大哭，永立才放过他。其他男孩始终兴致勃勃地围观。好戏结束时，他们甚至有点扫兴，又自顾自玩起来。

拖拉机帅哥

程翔从小就和小北同班，家境殷实，父亲是宾馆老总。小北还记得去年他过生日时，程翔曾夸张地送给他一叠厚厚的明信片，还说以后在学校里，他都会保护小北。小北收下了那些明信片，着实很喜欢。但他告诉程翔，等他个子长高点再去保护别人吧。如今，小北只是不明白，为什么一来到村庄，最好的朋友立刻就出卖了自己。他相信，一定是程翔说了些什么，才让土豆可以肆无忌惮地嘲笑他。

在水塘边，程翔笨拙地把衣服穿好。他看了一眼天空，对小北说："好像快下雨了。"小北还是没理他。

天边持续传来滚滚的闷雷声。小雨开始滴落的时候，四个人已经从小树林回到学校。永立和土豆看起来早已和好如初，小北心里却还系着疙瘩。一路上，小北没讲几句话。他不理程翔，更不理土豆。永立看出小北的心思，想要安慰他，又笨嘴拙舌，不知从何说起。

这天放学时，小北第一次见到了永立的哥哥——田永要。第二天是星期天，哥哥今天回家住，顺便来接他们放学。他开了一辆看起来很难掌控的拖拉机，就停在学校门外的堤岸上。

"这就是我哥。"永立介绍道。

永要看起来已经是个大人了。他比永立高一些，身穿一件薄薄的黑夹克，梳着酷酷的郭富城发型，面容既干净又俊朗。

"哥哥好。"小北说。

永要看着小北，只是露出一排白牙，很认真地微笑。

小北和永立坐进拖拉机的后车斗，柴油发动机发出巨大的声响，他们就这样沿着堤岸威风凛凛地离去。小雨早已停歇，细碎的黄土像烟雾一样被扬起，荡漾在马路上，荡漾在他们身后。

直到拖拉机在永立家的院门外停放妥当，永要才蹦出一句话来，仿佛灵光一闪，又像是酝酿了一路。他说："明天带你们去县城看猴子！"说完就跳下拖拉机，和两个孩子一起往家走。

晚饭的餐桌上，除了玉米面粥、馒头、咸菜这老三样，还多出一大盘肉丝炒豆角，这是永立的母亲特意为孩子们准备的。永立的母亲给小北夹菜，永立给永要夹菜。兄弟俩的父母却一口不沾。

"永立啊，不懂的功课多问问人家。"母亲说。"知道了。"永立答应着。

"永要啊，你也去市里找个活干吧。大伯家的儿子在保安公司上班，待遇不错，他答应帮你介绍工作哩。"父亲说。"不去不去，"永要不耐烦地说，"我在县城有事情做。""你就知道瞎胡混！"父亲把筷子拍在桌上，"再不干正事，以后别回来了！""中了中了，现在说这干啥。"母亲连忙劝和。

小北看看永立，永立装作没听见，低头喝粥。小北又看看永要，永要嘴巴紧闭，腮帮子里还含着一口菜，眼睛憋得通红。他好像马上就要站起来似的，但终是闷声继续吃饭了。

晚饭后，永要拿了件衣服，没跟父母道别就往门外走。父亲跟了出去，大声喝道："你给我回来！"小北听到拖拉机轰隆隆的发动声，仿佛看到地面上扬起的尘土。那声音却没有走远，在院门之外开始循环。

直到小北跟着永立，而永立跟着母亲一同追到门口，他们才一齐看见拖拉机旁的永要。当时，永要正从地面上爬起，屋檐的灯泡发出的光照在他身上，黑色夹克的后背是一大块浅色土印。而他父亲手持一把铁锹，作势上前继续教训他。

母亲发出一声震天动地的哭喊，双腿一弯就要往地上倒。永立赶忙搀扶母亲，父亲则把铁锹狠狠扔在了地上。

"我今天跟你说清亮，你愿意干啥，我都不管了。但你要是敢再掺和渠村那边争地闹事那一套，你就是死在外头，也没人给你收尸。"父亲说罢，气呼呼地回了屋。

永要这时已经拍掉了夹克上的尘土，欲言又止。母亲对着他摆了摆手，示意他快些离开。

小北这才发现，不远处邻家的院门口已聚集了几个妇女和孩子，他们感觉好戏已经告一段落，就散开了。

到地底下（一）

一切很快归于平静。父亲坐在院里抽烟，母亲卧在炕上做活，仿佛什么也不曾发生。永立带上手电筒和瓷茶缸，领着小北前往堤岸内侧的小树林。他们说好要一起摸知了猴。

知了猴既不是知了，也不是猴子，它是知了的幼虫。知了猴没有翅膀，只会从泥土里钻出来，拼命地向上爬，紧紧吸附在植物的枝干上。当它的后背开裂，稚嫩的躯体从裂痕中退出之时，它期待并享受着自己的蜕变。

永立握着手电筒，光柱在树间晃来晃去。他对小北说："我哥找了个媳妇，就住在邻村。"

光束照在一只正在蜕壳的知了猴身上。小北说："你哥都结婚了？"

那知了猴吓得不敢动弹，就像一个罗锅小老头，或者是罗锅小猴子。永立伸手将它从树上拽下来，扔进那个有些掉漆的瓷茶缸里。"没，就是谈对象。"

"你哥多大了？"小北又问。"十七。"永立答。

"你爸为什么打他呀？""因为他不种地，不干正事，就知道打架。"

"这儿又一只！"小北兴奋地叫道。永立麻利地伸手拿下。

"但你哥长得很帅啊。""那有什么用。"

"他真能带我们看猴子？""能吧。"

永立晃了晃手中的茶缸，数量可观。那些小东西堆积在一起，挠着手，挠着脚，但就是无法逃脱。两人心满意足地开始往回走。

回到家，永立将累累硕果交给母亲。母亲接过茶缸，熟练地从桶里舀出半瓢水，将那些虫子倒入大漏勺冲几次，再化一碗浓盐水，连虫带水一并倒回茶缸，最后扣上一块小木板，再压上一块砖头，搁在灶台上。

这晚，两个人并肩躺在永立的床上，又想起下午发生的事情。永立说起土豆，小北说起程翔。他们说起自己朋友的糗事，仿佛这样就可以获得更多的快乐。永立说，土豆孬得很，最爱捉弄人，有一次把前排女同学的辫子剪了，被他爸狠打一顿。小北说，程翔眼角有道疤，他爸有一次把烟头扔在地上，而他恰好绊倒，当时他以为自己瞎了，还好只是留下一道疤。

就在他们即将入睡之时，小北隐约听到了爆竹的声音，就像过年时燃放的一种烟花，轰隆一声，烟花像炮弹一样直蹿到天上，然后散开、降落，最后不知道消失在什么地方。

永立的母亲不知什么时候来到了床前，她叫醒两个孩子，让他们跟她到院子里去。

"地震了吗？"小北迷迷糊糊地问。小北还记得去年暑假的某个晚上，妈妈把他叫醒，然后一家人卷着凉席跑出楼房，在城市主路旁过夜的经历。路旁全是人，当时盛传会发生地震，尽管他自己什么也没感觉到。

"别问了，先出来吧。"永立的母亲忧心忡忡地说。

永立一溜烟似的从床上下地，身上只穿一个裤衩。小北紧随其后，他本来就穿着背心，同时不忘蹬上自己的大裤衩。

他们看到永立的父亲已经在灶台附近等着，手里举着一盏煤油灯。灶台旁的地面上有个圆圆的洞口，洞口的盖子已被挪开了。

"那是我家地窖，"永立说，"里面藏着可多红薯哩。"远处，闷雷似的爆竹声音又一次传来。"你俩进去藏一会儿，外面不安全。"父亲说。

"不要紧，咱们进里头玩会儿就出来。"永立的睡意早没了，反而有些兴奋，"可长时间没下去了。"

听到永立这么说，小北也来了精神。他还真想去地窖里看看。

只见永立先走过去，蹲下摸出一根固定在洞口附近的大粗绳子，三下两下把绳子系在腰间，小心翼翼地拉着绳子，一点点消失在洞口。洞里很快亮起手电筒的橘红色灯光。接着，永立的父亲拉起绳子，把小北也安置下去。永立接应着小北，最终两个人盘腿坐在地窖底部，而顶部的洞口被木头盖子似的东西再次覆上。

地窖里空间局促，刚刚够两个孩子落脚。霉味混杂着生红薯奇异的香甜味。他们背靠背坐着，手电筒倒置在身旁的地上。他们的一侧堆满了红薯，差不多到达胸口的位置；另一侧就是地窖的内壁，光芒朝那个方向照着，空气中飘荡着微微的浮尘。

"你害怕不？"永立问道，他的声音出奇地大。

"我才不怕。"小北回答，"这里很好玩哩。"

小北说的是实话。对于孩子来说，这种地方具有致命的吸引力。或许，地窖实现了他的冒险愿望，尽管这里再安全不过。白天里他无法胜任的挑战，几乎全在此刻达成了。

"害怕也没事，"永立憨笑着，"有我哩。"

两人在地窖里待了约莫半小时，直到顶部的盖子被挪

开，永立的母亲喊他们上去。他们没有任何疑问，似乎一点
也不想知道为什么要藏在地窖里，为什么这么快又要出来。

河滩有草有蛇

周日早上，小北吃到了美味的炸金蝉。头天晚上的战利
品足足腌制了一夜，永立的母亲端详着昨晚炒菜后锅里的剩
油，添了一些新的，烧热了，把半茶缸知了猴一股脑撒进黑
漆漆的炒菜锅。香味飘来，永立和小北正站在灶台不远处观
望，馋得嘴巴都合不上了。

吃完早饭，永立说："去不去找土豆他们？还可以带上几
只知了猴。"小北犹豫着不说话。永立又说："那不去啦，他
家也不缺这个。我们去河对岸的滩地玩吧。"小北点点头。

永立不知从哪里推出一辆老自行车。自行车对他们来说
有点高，中间还横着一根大梁。在堤岸的马路上，永立推着
车子一阵助跑，三下两下就踏了上去；小北则快步跟着跑，
看永立坐稳了，立刻扶着后座跳上去。他们兴奋地飞奔，驶

向几里开外的浮桥码头。

"咱们是不是已经在山东了？"在对岸的滩地上，小北问道。"是，这边都是山东。"永立很骄傲，因为他带着小伙伴跨越了一个省。放眼望去，尽是漫无边际的荒地，连庄稼都没有，只有高耸的芦苇和各种叫不上名字的野生植物。"这边没有村子呀？"小北又问。永立摇摇头："不知道。"

小北跟在推自行车的永立身后，两个人漫无目的地沿河走。除了河水的奔流声、蛙虫声，还有偶尔惊起的鸥鹭声，只剩下哑巴一样的时间。

"你带没带纸呀？"小北忍了一阵子，终于不好意思地开口道，"突然想蹲坑。"

永立一脸惊讶。他思索片刻，然后随便指了一个地方，把握十足地说："你就在那草里蹲吧，我给你找些树叶，一会儿就回。"说罢立刻履行承诺，蹬上自行车，渐行渐远。

小北一个人留在原地，实在忍不住，只得小心翼翼找到一块容身之地，蹲了下去。有风吹过，陌生的植物发出嗖嗖的口哨声。有苍蝇飞过来，其他陌生的昆虫也开始来来往往。这些也罢，要是有陌生人路过就完了，那得多害臊，小北担忧着。他额头直冒汗，一心只盼永立快出现。

有个极细小的声音在靠近，重心很低很矮，几乎是在地面。小北屏住呼吸，更努力地去感知四周的一切。居然是条褐色的小蛇，就在眼前数米开外，正向着草丛深处，与河岸相反的方向前进。他还从未见过真正的蛇呢！他立刻决定逃跑。他半蹲着，微微起身，迅速挪动脚步，来到几十米开外的地方，继续潜在草丛里。

"张小北，你在哪里呀——"这是他翘首久盼的声音。"我在这里——"小北立起一半的身子，裤腰还停在膝盖。永立立刻扔下自行车朝这边跑来，然后闭嘴笑着，递了一叠手掌般又大又厚的叶子。

到地底下（二）

从县城回来那晚，是一位大叔开车送小北和永立回家的，永要始终没有露面。

大叔把他们送到村口便回去了，两个人走回家。永立的父母见他们无事，便没多说什么，只问是否见过永要。永立说，他哥好得很，下午一直领着他们玩。他显然不想让父母担心，更不想让父母为哥哥犯愁。

永立和小北仰面躺在床上小声交谈。永立告诉小北，哥哥一直在帮大叔做事。大叔有个闺女，她是永要的对象，就住在邻村，因为赚了些钱，在县城也有做生意的门面房。

小北不懂这些，也完全不感兴趣。他觉得这些离自己太遥远了，他不知该和永立说些什么。他只知道，夏令营还没结束，明天他们还要去学校。他有点想妈妈了，但他有信心坚持到最后。

然后，小北又一次听到了爆竹的声响，似乎比昨天早些。他推推永立，问道："我们又要去地窖吗？"

"你想去？"永立说，"那走，咱玩会儿再回来。"

说罢，永立坐起来，光着膀子下床。小北蹬上大裤衩，跟着他。

永立的母亲在屋子的另一角落，煤油灯搁在斜前方的桌台上，她正一针一线纳着鞋底。"干啥去？"她问道。

"我去地窖拿点红薯上来吧。"永立回答。

"去吧。"母亲没意见。

永立倒是好奇，顺便问道："昨天晚上咋回事？谁家婆媳妇？"

"没事。"母亲随口说道。

"哦，知道了。"永立迅速领着小北走出堂屋。

小北在院中看到永立的父亲蹲在大门口抽烟，他似乎没有注意到两个孩子，或许注意到了，但完全不在意。

这次，永立把小北先放了下去。小北腰系麻绳，手持手电筒，像是玩游戏般兴奋地下沉到地窖。之后是永立，他麻利得像只猴子，很快就与小北会合。没有人为他们盖上盖子，他们隐隐约约能听到外边的声音。

地窖里很凉快。小北坐着，看着永立捡了半篮子红薯，然后也坐下来，面对着他。

突然一声闷重的巨响，地面都震动了。

"不会真的地震了吧。"小北担忧地说。

"没事，有我哩。"永立张开胳膊搂住小北，立刻又松开了。

父亲把木头盖盖在地窖入口处，地窖的内部反而更加亮堂。

在这个密闭的世界，永立痴痴地看着小北的眉眼，看着他眉头上方顺滑浓密的头发，不知道自己还能做点什么。毫无疑问，张小北是个漂亮的男孩子。

"永立，我们上去吧？"

"一会儿就走。"永立故作镇定。他突然再次搂住小北，鼻子和眼睛几乎埋在小北的头发里，闻到一股极淡的香皂味。他说："别害怕，一点事都没有。"

然后，永立抬头大喊："娘——"

提前结束的夏令营（二）

夏令营的第四天。轻飘飘的雨丝自清晨开始降落，始终没有歇止的意思。

小北已然习惯了村庄的生活。新的一周，孩子们将迎来崭新的学校时光。而村庄里的一切依然是旧的——小伙伴家里的矮屋，早餐使用过的瓷碗盘，通往学校的土路，堤岸内侧的白杨树，农村孩子的单肩布书包，敷衍了事的大号雨伞，脏兮兮的黑布鞋，还有学校的几间大瓦房。

小北十分清楚，一切远没有想象中艰难。老师口中的"吃苦夏令营"也不过如此。细雨之中，天色灰白，他和永立就那样走在同一把雨伞底下，走在上学的路上。他第一次觉得，自己正在用旁人的眼光去看待路上的学生们的背影。他第一次发现，自己正在观察别人，因为他知道自己并非这些孩子中的一员。

他依然背着自己的黄色双肩包，书包很轻，里面除了一套换洗衣物再无其他。他脚上的白球鞋早已沾满泥土，但几天后就会被妈妈洗刷干净，然后涂上球鞋粉，在晾晒后再度变白。总之，他觉得自己经受住了夏令营的考验，带着那份奇怪的优越感，他随时准备凯旋，跟妈妈讲讲自己的经历。

所以，当老校长宣布夏令营提前结束时，小北确实和其他城里的孩子一样兴奋。他一心等待着来时的那辆大巴车。直到中午前后，伴随着没完没了的雨，他却越发地忧虑起来。

一顿奇异的午餐

第四节课的下课铃声已经响了，大巴车依然渺无影踪。校长让村里的孩子先回家，城里的孩子则继续留在教室里。有女孩子举手，说她的衣服还在别人家里。土豆也马上举手，说程翔的裤衩还落在他家，教室里一阵哄堂大笑。程翔立刻反击："不要了，不要了，送给你。"最后，校长命令村庄的孩子先回家，再把同伴的东西送回学校，但就是不许城里的孩子离开学校。

教室里的人少了一半。程翔从前排来到小北身旁的座位上，把自己的书包放在桌前打开。他开始从书包里掏东西，一根火腿肠，两根火腿肠，许多根火腿肠，一包饼干，两包饼干，许多包饼干，一盒果冻，两盒果冻，许多盒果冻，还有鱼皮花生豆、卜卜星、果丹皮，不胜枚举。

程翔开始发挥领导才能："大家不要客气，人人有份儿。我家里多着呢，你们可别让我再背回去了。"说罢，他笑嘻嘻地看看小北，把一包卜卜星扔到他的肘边。小北仍不理他，趴在桌上，把头转向一边。程翔只得先站起来，忙碌着给其他人分发起零食来。

小北仍然没有原谅程翔，但他实在有点饿了，于是打开了自己的书包——一无所有。他记起，那两包方便面已在前一天中午和永立一起吃掉了。永立煮的方便面真好吃，想到这儿，他不禁咽起口水。

小北顺手将猴子的照片从书包里取出，仔细端详起来。

他突然想到一个好主意，他要送永立一件礼物，一件非常有意义的纪念品。他从侧桌斗里摸出永立的作业本，从背面翻开，选定一张空白的纸，又找到一支圆珠笔。

他开始画画，先是模仿着照片的内容，试图画一只猴子——一只蓝色轮廓的猴子，没有毛发，只有最基本的身体部件，还有蓝色的皱纹和蓝色的大眼睛。

窗外雨水依旧，室内空气潮湿，同时充斥着零食夸张的香味。教室的门又一次被推开。土豆回来了。他披了件墨色雨披，短发还是湿透了，像只刺猬。他两只手都没闲着，一边是遮盖严实的大篮子，另一边是装了衣服的塑料袋。

土豆把篮子放在自己的课桌上，一边脱雨披，一边对程翔说："瞧我给你们带了啥。"

程翔毫不客气地扯开篮子顶端的塑料布、棉布垫、蒸笼垫，一层又一层。包子的香气瞬间飘出。"刚蒸好的，我全拿过来了。"土豆擦着额边的水滴，得意地说。

"土豆，你妈真大方。"程翔说着，随手捡起一盒果冻扔过去。

"不用谢。"土豆笑笑，像接球般用两手妥妥捉住那盒果冻，然后看向小北的方向，同时小声示意程翔，"先给他。"

程翔犹豫了一下，还是大大方方地把篮子端到小北跟前："小北，别生气了。你不饿吗？"

热气扑面而来，小北更饿了。"我才没有生气。"说着，他放下手中的圆珠笔，搓搓手，小心地拿起一个包子。他对着土豆晃晃手中的包子，说了声谢谢，然后吃了起来。

程翔接着把其余的包子分给同学们，足足二十来个，人手一个，还有多余的。白菜粉条南瓜馅的包子，馅料流油，异常美味。

将近一点钟，校长也来了。他没有带来关于大巴车的消息，而是带来了自己的家人。只见他的女儿（要么就是儿媳妇）从两个大篮子里分别端出焖锅、箩筐和碗筷，一大锅炖菜——猪肉粉条大白菜，一碗又一碗分给大家，外加一箩筐大馒头。村庄里的其他同学也陆续来到教室，有人带来一大盆小米粥，有人捎来煮红薯，有人带来几张烙饼，还有人拎来一大包带壳花生，教室瞬间变成食堂。甚至连食材都运了进来，有个男孩竟抱来半麻袋生粉条，说是让结对的孩子带回城里给家人尝尝。

校长让大家耐心等待。虽是午后，天色却极昏暗，教室外风雨交加，教室内却暖意融融。日光灯照亮桌椅和饭菜，孩子们吃喝说笑，自觉地整理餐具，陆续互相告别。因为环境异于平常，反而平添了几分不舍。

　　唯有永立不曾出现。小北只得继续坐在那里，等到教室再次安静，他又画起画来。他问程翔有没有彩笔，结果得到了一支红色圆珠笔。他描着纸上的猴子重涂一遍，远远看去，是一只紫色的猴子。再加点什么呢？一个太阳，一间房子，一条大河，一条小蛇，一只虫子，一座池塘，一朵朵荷花，一片片荷叶。他无序地涂画，一会儿用蓝色，一会儿用红色，整张纸渐渐被填得满满当当。

　　土豆离开后，程翔再次坐到小北旁边："你在画什么啊？"

　　"胡乱画的。"小北边说边合上本子。

　　"你知道不知道田永立干啥去了？"程翔又问。

　　"不知道，"小北说，"他第二节课后就跟家人走了，可能不回来了。"

　　"唉，"程翔小大人儿似的叹口气，"土豆说他家有点事。"

　　"啊，什么事啊？"小北呆呆地盯着永立的本子，封皮上歪歪扭扭写着他的名字。

　　程翔也看着本子上永立的名字："土豆也是听家里人说的，好像是永立他哥怎么了。"

　　"哦！我知道，"小北当然并不知道，"我见过他哥，昨天下午他还带我们去看猴子呢。你看——"小北打开书包，翻出不久前才收起来的那张照片。

"啊，在哪里啊？怎么不叫我？"程翔欢喜地盯着照片，"算了，昨天我跟土豆去杂技村看了看杂耍……"

"你喜欢就送给你。"小北狠心献出所爱，只是想让程翔知道自己已不再计较。

"那我就不客气啦！"程翔拿起照片就要走，"回头我再送你明信片。"

"让我再看一眼啊……"小北叫起来。

与此同时，教室里的其他同学也开始骚动。有人在喊："我们的车来了！"所有人都站起来向外看，有几个好动的孩子几乎是连蹦带跳地跑到门口，好替大家证实这个好消息。

离开村庄

果然，姗姗来迟的大巴车已驶入学校，停在了小操场上。匆忙之中，小北赶紧把永立的本子塞进他的桌斗，然后迅速检查自己的行装。两点十分，孩子们终于悉数转移至大巴车上。

小北和程翔同坐在大巴车最后一排。车辆缓缓启动，小北他们转身跪在座椅上，向后看，玻璃窗上雨水如注，视线被冲刷得有些模糊，但依旧不难辨别窗外的一草一木。就这样，他们一点点看着景物后退，大芰河小学的教室、院落里的大树、撑着雨伞向他们摆手的老校长、敞开的大铁门……车辆绕了几条附属道路，最终驶入河堤的主路。

就在大巴车驶上主路之前，小北和程翔同时看到了那个身影。那个身影就站在去往学校的岔路口，满地泥泞，水流汇成细小的沟渠，在地面上流淌开来。原本有把雨伞遮挡，后来雨伞被高高抬起，露出永立湿漉漉的脑袋。不过几秒钟的时间，大巴车便从他附近驶过，然后转弯。

小北在车里不停挥手，希望永立可以看到他。可大巴车已经驶上堤岸的主路，永立的身影很快消失在他的视野里。

"后面的同学请坐好。"辅导员老师提醒道。

小北和程翔只能面向前方重新坐好。小北立刻再次转头向后看。

堤岸的主路是那么长，那么直，一眼看不到尽头。然而他看到了那个身影，他已从刚才的岔路口来到了堤岸。他就那么站着，看着，雨伞高举，只是一个雨中的轮廓，迅速变小的轮廓。天气恶劣，堤岸上再无其他车辆和行人。道路一边是加速后退的行道树，另一边就是远远的、波涛浩渺的河水。

他们终于离开这里了——在大巴车上，这几乎成为所有孩子无言的共识。仿佛正是因为清楚地意识到这一点，小北和程翔的友情才彻底复原。

"土豆家有知了猴吗？""当然有，我们每晚都能抓到好多。"

"你们去没去河对岸？""当然了，我们坐柴油机渡船过去的。"

"杂技村真的人人都会表演杂技？""会呀，五岁小孩都会！"

"你说永立他哥不会有事吧？永立说他老爱打架，还倒卖动物。""应该没事吧。"

"你说永立会看到我送他的画吗？""肯定会的。"

他们俩小声地说着话，直到困得哈欠连连，终于在车里睡着了。

紫色猴子

道路坎坷的雨季，大巴车经历了多次封路、绕行之后，最终以超出平常三倍的时间到达城里。车辆停在市直第一小学的门口，天色已暗，大雨依旧。

前来迎接的家长们身披雨披，手持雨伞，站在车门附近，个个心急如焚。车门打开，孩子们一个接一个地迈下车门台阶，投入大人的怀抱。小北和程翔走在最后，他们身后跟着女辅导员。

程翔的父亲身材魁梧，一脸严肃。他先把伞递给程翔，程翔撑开了伞，遮住自己和小北。

"叔叔好。"小北仰起脸跟程翔的父亲打招呼。"小北，你好。"两个孩子是朋友，家长之间也都熟悉。"你妈没来呀？肯定没在家，学校今天中午给每个人家里都打电话了。""没事，叔叔，我有钥匙。"小北说，"我家近，我自己走回去。"就这样，程翔把伞借给小北，然后和父亲同撑一把伞离开了。小北则去往另一个方向。

他顺着学校门前的苦楝树街走，刚走几步，双脚就一阵沁凉，他的球鞋被积水彻底灌透了。小北背着书包举着伞，迎着滂沱大雨，艰难地在水中行走。离家越来越近，街道越来越窄，地面上的积水已经近膝。在他的记忆当中，这座城市第一次下这么大的雨。在狭长的街巷中，大风不止一次把雨伞吹成倒翻的形状，雨伞俨然一个接水的大碗口。不到十分钟的路程，小北的汗衫、裤衩就几乎湿透，更别提头发和脸了。他突然想起土豆，想起中午他推门进教室给他们送包子吃，土豆湿透的短发打着绺，活像一只小刺猬。乡村学校的那间四年级教室，就好像一场梦。他想起永立，此刻永立会在哪里呢？他看到那幅画了吗？小北的脑中快速闪过有限的几幅影像：一只紫色的猴子，先是纸上的线条，然后是永立哥哥送他的那张猴子的相片，最后是院里枣树下那只真正的猴子。猴子小老头似的脸孔清晰可见，此刻猴子会在哪里呢？小北知道，自己再也见不到它了。在雨中，他想念它。他也想念永立，想念永立的哥哥永要。路灯已经亮了，而他冷得发抖。没关系，小北对自己说，马上到家了。

ISBN 978-7-5317-6079-5

定价：68.00元